어떻게 사랑한다고 말해

어떻게 사랑한다고 말해

가쿠타 미쓰요 지음
박성민 옮김

시와서

차례

1장

밤 저편의 파라다이스

"나한테 상처 주는 것도 사람이고,
우울하게 만드는 것도 사람인데,
이렇게 날 구해주는 것도 역시 사람이네."
추운 날에 따뜻한 코코아를
호로록 홀짝일 때처럼
가슴 안쪽이 포옥 따스해졌다.

택시를 타고
무작정 달려가는 날까지

한밤중에 갑자기 사랑하는 사람이 보고 싶어진다. 보고 싶다, 그런 생각이 들면 그 마음은 가슴 속에서 점점 부풀어 오르기만 한다. 그러다 문득 정신을 차려보면 그 마음이 자기 몸의 세 배쯤이나 커진 채 방 안에 떡하니 자리 잡고 있다.

지금 몇 시지 생각하니 지하철은 끊겼다. 내일 할 일을 떠올려보니 아침 일찍 일어나야 된다. 그 사람 집까지의 거리를 할증 요금으로 환산해보니 지갑 사정이 빠듯하다.

그래도 벌떡 일어선다. 이런저런 상식이나 계산 따위는 집어치우고 한밤중에 밖으로 뛰쳐나간다. 빈 택시를 잡아타고 사랑하는 사람의 주소를 외친다.

“아저씨! ○○로 가주세요. 빨리요!”

완벽하다. 완벽한 사랑의 병이다. 내가 언제나 동경해 마지않는 바보 멍청이의 모습이다.

불같은 연애를 하고 싶다는 말이 아니다. 아무리 불같은 연애를 한다고 해도 이렇게 ‘택시를 타고 달려가는’ 행동이 빠지면 아무것도 아닌 거다. 그래. 나는 단지 그런 상황에서 택시를 타고 무작정 달려가고 싶은 거다.

나는 일 년 내내 좋아하는 사람이 있지만, 지금껏 한 번도 택시를 타고 달려간 적도, 누군가 내게 그렇게 달려온 적도 없다.

스무 살 때까지는 부모님과 함께 살았다. 집은 요코하마였지만, 주변이 온통 논밭과 산천으로 둘러싸여 누가 봐도 촌구석으로, 택시 같은 건 거의 다니지 않는 곳이었다.

택시를 타려면 일단 버스로 좀 큰 역까지 나가서, 거기 택시 정류장에서 줄을 서서 기다려야 했다. 그리고 그 버스마저도 10시에 끊긴다. 이래 가지고는 안 된다. 버스 정류장까지 가서 버스를 타고 어쩌고저쩌고할 수는 없다. 게다가 10시라니. 한밤중에 누가 보고 싶어지면, 그 마음이 사그라지기 전에 당장 택시를 타고 달려갈 수 있는 상황이 돼야만 하는 거다.

그런데 내가 한밤중에 택시를 타고 달려가지 못하는 더 큰 원인이 있다는 걸 나도 잘 알고 있다. 그건 바로 연애할 때 지기 싫어하는 내 성격 때문이다.

연애는 역시 승부지

연애란, 아주 고리타분한 생각이긴 하지만, 역시 이기고 지는 것, 즉 승부라고 생각한다. 더 많이 좋아하는 쪽이 항상 비참하고 슬프고 결국엔 지게 된다. 양쪽 다 보기 좋게 이기고 싶은 마음에 때로는 고집도 부리고 밀당도 하는데, 그게 또 재미있는 거다. 하지만 연애에서 지기 싫어하는 나 같은 사람은 항상 별것도 아닌 승부를 겨루기 때문에, 완전히 백기를 들 수 있는 패자가 문득 부러워진다.

한밤중에 연인을 만나러 택시를 타고 달려가는 것, 그것은 나에게는 '완전한 패배'다. 그 사람 집까지 택시비가 얼마 나오든 상관없어. 내일 일찍 일어나야 하지만 상관없어. 그가 날 보고 난처해할지도 모르지만 그래도 상관없어. 이 모든 '상관없어'는 오로지 '보고 싶단 말이야'로 연결된다. 그리고 그가 정말로 난처해하는 바람에 (그야 당연히 난처하겠지. 한밤중에 무작정 달려왔으니까) 내가 슬퍼지면, 그거야말로 완전한 패배인 거다.

나는 다른 일에는 '좀 지면 어때, 괜찮아' 하고 실없이 웃어넘기지만, 이상하게 연애에서만큼은 '절대 지고 싶지 않아' 하고 허세를 부린다. 정말로 좋아하는 사람에게 좋아한다는 말은 죽어도 할 수 없고, 좋아한다는 낌새조차도 보이기 싫다. 물론, 택시를 타고 달려가 "보고 싶어서 왔어" 하고 말하는 건 입이 찢어져도 못 한다. 빤히 얼굴을 쳐다보면서 "졌으니까 왔어" 하고 말하는 거나 다름없으니까.

그래서 나는 택시를 타고 달려가는 사람을 동경한다. 좋아한다고 솔직하게 툭 던지듯 말할 수 있는 사람이 존경스럽다.

그런데 지기 싫어하는 내 성질도 한몫하는 거겠지만, 나이를 먹을수록 그런 상식에서 벗어난 행동은 점점 더 못 하게 되는 것 같다. 한밤중에 갑자기 사랑하는 사람이 보고 싶어져도, 오늘 중으로 끝내야 할 일, 지갑 사정, 내일 일어나야 할 시각, 그런 쓸데없는 것들이 머릿속에서 빙빙 돈다. 나이를 먹으면 먹을수록 그런 '쓸데없는' 것들이 쓸데없어지기는커녕 삶에서 점점 더 중요한 위치를 차지하게 된다.

예를 들면, 나는 택시가 거의 다니지 않는 예전의 동네를 나와서 지금은 번화한 도로변에 살고 있다. 그러면 이제는 택시를 타고 달려가기가 쉬워졌나 하면 그렇지도 않다. 내가 사는 곳은 6층인데, 이 건물에는 엘리베이터가 없다. 갑자기 누가 보고 싶어져도, 6층 계단을 생각하는 것만으로 "으윽, 도저히 무리야!" 하고 주저앉아버리고 그러다가 스르륵 잠이 들고 만다. 그렇다. 오늘 안으로 딱히 끝내야 할 일도 없고, 내일 일찍 일어나야 하는 것도 아니지만, 졸음이란 것이 어렸을 때보다 훨씬 더 중요한 위치를 차지하고 있는 것이다. 지금 당장 그 사람이 보고 싶지만, 조만간 볼 수 있겠지, 지금은 그냥 자자, 이렇게 돼버린 거다.

좋아하는 사람한테 밀당 같은 거 못 해

어느 크리스마스 저녁, 나는 좋아하는 사람과 둘이서 즐겁게 크리스마스를 보낼 생각이었다. 그 사람은 어땠는지 모르지만, 그때 나는 바보 같을 정도로 그 사람을 좋아했다. 그는 만날 장소도 정하지 않고 "알바 끝나면 연락할게" 하고 말했다. 나는 혼자 방에서 가만히 기다렸다.

전화벨이 울렸다. 후다닥 달려가서 받은 전화기 너머로 내 귀에 들려온 것은 알래스카에서 막 돌아와 지쳐 쓰러진 바다사자 같은 목소리였다. 그 전날 술이 덜 깬 채로 아르바이트까지 하는 바람에 온몸이 파김치가 됐다며, 오늘은 그냥 넘어가자, 그는 그렇게 말했다.

"뭐? 그럼 택시 타고 와."

이때다 싶어 나는 그토록 바라고 바라던 '택시 타고 달려오기'를 그에게 제안했지만, 안 되는 건 안 되는 모양이었다.

아무래도 오늘은 같이 못 있겠다, 결국 그렇게 이야기를 마무리하고 전화를 끊었다. 전화기를 내려놓자 내 들뜬 기분은 착 가라앉았다. 날 그렇게 좋아하진 않는다는 말이네, 지 맘대로 그렇게 좋아한다고 말한 주제에, 그런 생각이 들었다. 그리고 그 사람을 향한 '좋아함의 정도'가 푹 가라앉았다. 그렇게 와장창 분위기는 깨져버렸고, 온 세상이 떠들

썩한 크리스마스에 나는 부루퉁한 얼굴로 10시에 잠이 들었다.

그런데 생각해보니, 그때 "몸이 안 좋으면 내가 택시 타고 갈게. 뭐 먹고 싶은 건 없어?" 하고 말할 생각은 눈곱만큼도 들지 않았던 거다.

"역시 연애는 승부죠" 하면, "어? 난 한 번도 그렇게 생각한 적 없는데" 하고 놀라는 사람이 있다. 그런 사람은 원래 지는 걸 싫어하지 않는 사람이다. 애초에 진다는 개념 자체가 없기 때문이다. 지는 걸 싫어하지 않는 사람은 나이를 먹어도, 엘리베이터가 없는 건물에 살아도, 한밤중에 택시를 잡아탄다.

그런 타입의 친구가 연애에 실패했을 때 나는 그녀에게 이렇게 말했다.

"연애는 승부니까 좀 더 멋지게 이겨야지."

그러자 그녀는 아직도 그 남자에게 미련이 남았는지, 이렇게 말했다.

"좋아하는 사람한테 이도 저도 아니게 밀당 같은 거 난 못해. 좋아하니까 말야."

이렇게 말할 수 있는 사람은 그 솔직한 성격 때문에 연애가 맘대로 되지 않는 경우가 종종 있기는 하지만, 그래도 마지막에는 웃으면서 승리를 거머쥐지 않을까. 하긴, 그런 사람은 그렇게 돼도 그게 승리라는 생각조차 떠오르지 않겠지만.

"네가 좋아. 내가 졌어."

내가 택시를 타고 쏜살같이 달려가면, 아무리 밤늦은 시간이어도 "아아, 내일 일찍 일어나야 하는데…… 에이, 할 수 없지 뭐. 갈비라도 먹으러 나가자" 그냥 그렇게 말해주는 사람, 그런 사람이 내 이상형이다.

나도 졌고 너도 졌으니까 서로 비긴 거야, 하고 실없이 웃을 수 있는 사람, 나는 그런 사람이 정말로 멋지다.

선물

나는 선물 받는 걸 정말 좋아한다. 생일이 3월이라서 좋다. 그때까지 씨를 뿌리듯이 다른 사람들의 생일에 선물을 뿌리기만 하면 된다. 그러면 3월의 내 생일에 다들 나에게 선물을 준다. 이렇게 솔직한 마음을 쓰고 나니 문득 이런 생각이 든다. 선물이란 대체 뭘까?

최근에 받은 선물 중에 가장 마음에 남는 건…… 음, 생각해봐도 잘 떠오르지 않는다. 반대로 내가 누군가에게 마음에 남을 만한 선물을 준 적이 있나 생각해봐도 역시 마찬가지다. 왜 우리들 사이에는 선물이 계속 왔다 갔다 하는 걸까. 명절에 "이거 별것 아니지만……" 하고 굳이 말할 필요도 없는 우리 사이에.

다정한 남자를 알아보는 딱 한 가지 방법

멋진 선물 하니까 생각이 나는데, 몇 년 전에 친구가 이런 이야기를 들려준 적이 있다.

그 무렵 그 친구는 오래 사귄 사람과 헤어져 꽤 힘든 날들을 보내고 있었던 모양이다. 그래서 그 모습을 보다 못한 한 친구가 자기가 아는 사람을 소개해주었다.

"꽤 괜찮은 남자였어. 내 주변엔 없는 타입이었지. 똑똑하고 능력 있는 사람이어서 나도 좀 설레었어. 이것저것 아는 게 많아서 여러 가지 말해주기도 했는데, 뭐랄까, 의리나 인정으로 움직이는 사람이 아니라 뭐든 이론적으로 처리하는 그런 사람이야. 뭐, 하는 말이 맞으니까 아무도 반박을 못 하는 것 같았어.

근데 크리스마스에 그 사람을 만났어. 레스토랑을 예약해놓았더라고. 정말 근사한 곳으로 말야. 재즈 음악이 흐르는 데서 프로슈토를 먹으면서 와인을 마시고…… 꽤 분위기가 좋았어. 근데 말야, 그 사람이 갑자기 자기가 지금까지 사귄 여자들 이야기를 줄줄 늘어놓는 거야. 그중에는 8년이나 사귄 여자도 있어서 동거까지 했다는데, 그 여자가 회사 상사랑 바람이 나서 헤어졌대. 근데 뭔가 좀 이상하지 않아? 크리스마스 밤이란 말야. 나한테 그런 말을 꺼내는 것도 이상하지만, 더 이상한 건…… 그런 이야기를 하고 있는 그 사람이야. 마치 어젯밤에 고양이가 울었어, 뭐 이런 얘기라도 하는 듯이 아무렇지도 않게 그런 말을 하는 거야. 전에는 그런 힘든 일이 있었지만 잘 이겨내서 지금은 잘 지내고 있다, 그런 말이 아니라, 그냥 아무렇지도 않다는 느낌으로 말하는 것 같았어.

그래서 내가 물었지. 여자친구가 딴 남자랑 바람을 피웠는데 용서할 수 있었어요? 하고 말야. 그랬더니 이러는 거야. 그 여자한테 딴 남자가 생겼으니까 더 이상 사귀어봤자 소용없는 거잖아요, 이렇게 툭 던지듯이 말하는 거야. 8년이야, 8년을 사귄 사람이라고. 미련이 없었냐고 물었더니, 자기는 미련 같은 거 좋아하지 않는대. 그런 건 전혀 없대. 뭐야…… 좀 이상하잖아…… 속으로 이러고 있는데, 이번엔 내가 지금까지 사귄 남자 얘기를 해보라는 거야. 그래서 얘기했어. 요점만 간단히 추려서 말했지. 근데 흠, 흠 하며 듣고 있더니, 그 남자는 뭐 하는 사람이냐고 묻더라고. 그래서 솔직하게 말했어. 디자이너가 꿈이었는데 생각대로 잘 안 돼서 취직할 것 같다고 말야. 근데 그 사람, 뭐라고 말했을 거 같아? 세상에! 재능이 없었네, 이러는 거야. 그런 거 아니라고, 나도 모르게 그만 발끈해서 되받아쳤어. 그랬더니, 재능이 있는데 어떻게 잘 안 될 수가 있어요, 그러는 거야. 와인이고 프로슈토고 다 집어치우고 암말도 안 하고 잠자코 있었어.

근데 그 사람은 그래도 눈치를 못 채고 계속 수다를 떨더라고. 하는 이야기도 하나같이 '인간은 자신을 끝까지 파고들면서 살아가는 거다', 뭐 이런 밑도 끝도 없는 말만 하면서 말야.

이 사람은 인간의 감정이란 게 전혀 없는 사람이구나, 하는 게 생생하게 느껴졌어. 자신한테 뭐가 필요하고 뭐가 불필요한지 한눈에 판단하고, 필요 없다 싶으면 정이 들었거나 말거나 상관없이 바로 내다 버리는구나. 좌절 같은 건 해본 적이 없어서, 좌절한 사람을 보면 정말로 질색을 해. 머리는 정말 좋은데, 심리적이나 정서적인 교육은 못 받은 거야.

어쨌든 식당을 나가서 택시를 잡았어. 근데 그 사람이 타자마자 '하마마쓰초로 가주세요' 이러는 거야. 난 깜짝 놀랐어. 우리 집이랑 정반대거든. '아니, 우리 집이랑 반대 방향인데요' 하니까, '미안해요, 지하철을 타야 하는데 막차 시간이 간당간당할 거 같아서요. 하마마쓰초에서 지하철 타고 갈래요?' 이러는 거야. 아니 뭐야, 자기 생각밖에 안 하는 사람이잖아.

하마마쓰초에 도착해서 그 사람은 내렸지만 난 안 내렸어. 안 내리냐고 묻는데, 난 그 사람 얼굴은 쳐다보지도 않고 택시기사한테 말했지. 아저씨, 이대로 기치조지까지 가주세요. 그 사람, 깜짝 놀란 것 같았어. 그때 내 기분이 얼마나 통쾌했는지 몰라.

근데 말야, 혼자서 택시 안에 있는데 자꾸만 슬퍼졌어. 아니, 슬프기만 한 게 아니라 분하고 화가 났어. 내가 도대체 뭘 하고 있는 거지? 그런 생각이 들면서 눈물이 나는데, 볼썽사납게 울 수는 없잖아. 그래서 악을 쓰고 눈을 깜박깜박하면서 참았어.

근데 그때까지 아무것도 모르는 척 가만히 있던 기사 아저씨가 갑자기 말을 꺼내는 거야.

'난 작년에 이혼했어요' 하고 말야.

갑작스러운 말에 무슨 뜻인지 몰라서 그냥 멍하게 아저씨 뒤통수만 보고 있는데, 아저씨가 말하더라고.

'뭐, 여러 가지 사정이 있어서 어쩔 수 없이 헤어지긴 했지만 지금도 후회해요. 아내한테 잘해주지 못했거든요.'

그제야 이 기사 아저씨가 자기 얘기를 하고 있구나, 하고 알았는데, 도대체 이 아저씨가 왜 나한테, 그것도 택시 안에서 이런 이야기를 하는 건지 전혀 알 수가 없었어. 그래도 가만히 듣고 있는데, 백미러로 날 보면서 힘을 주며 말하는 거야.

'손님, 아시겠어요? 결혼 상대를 고르는 조건은 딱 하나예요. 다정한 것. 딱 그거 하나라고요.'

왠지 모르게 이런저런 감정이 북받쳐 난 또 울고 싶어졌지만, 그래도 꾹 참았어. 아저씨는 재미있다는 듯이 이렇게 말했어.

'다정한 남자를 알아보는 방법이 딱 하나 있죠. 이래 봬도 내가 그냥 멋으로 손님들 태우고 다니는 사람은 아닙니다. 알고 싶죠?'

네, 알고 싶어요, 하고 내가 몸을 앞으로 쑥 내밀며 말했어.

그러자 아저씨가 진지한 얼굴로 이러는 거야.

'땅딸보, 대머리, 뚱보.'

네? 하고 되물으니까, 거울 속에 비친 눈이 정말 재미있다는 듯이 웃고 있었어.

'땅딸보, 대머리, 뚱보. 이 조건 중에 하나라도 들어맞는 남자라면 다정한 사람이에요. 손님한테 차이면 이제 더 이상 만날 사람이 없을 테니까 필사적일 수밖에 없죠.'

그러면서 큰 소리로 껄껄 웃는 거야. 정신을 차리고 보니 나도 덩달아 깔깔 웃고 있더라고. 왠지 모르게 기분이 한결 가벼워졌다고 할까, 푸근해졌다고 할까. 그딴 인간 따위 정말 재수 없어, 그럼 됐잖아, 문득 그런 생각이 들었어.

아파트 앞에서 내리려는데 미터기 요금이 만 엔을 훌쩍 넘었더라고. 그걸 보니 또 화가 치밀어 오르는 거야. 지갑을 꺼내는데 아저씨가 '나머지는 됐어요' 하며 딱 만 엔만 받겠다는 거야. 그래서 고맙다고 말하고 만 엔을 건네주고 내리려는데, 아저씨가 '잔돈! 잔돈!' 하는 거야. 응? 하고 손을 내미니까 손바닥 위에 껌 하나를 올려주더라고. 난 몇 번이고 고맙다는 말을 하면서 내렸어. 그때 문이 막 닫히려는 순간, '메리 크리스마스!' 하고 소리치는 아저씨의 목소리가 들리면서 차가 가버렸어."

리본이 매어져 있지 않은 선물

이 길고 긴 이야기를 들었을 때 나는 그 친구가 정말로 부러웠다. 최고의 크리스마스 선물이 아닌가. 겉은 번지르르하지만 정나미 떨어지는 남자와 함께 택시를 타고 가다가 뒷자리에 혼자 덩그러니 남게 된 친구, 어떻게든 눈물을 참으려고 눈을 깜박깜박하던 친구를 택시기사 아저씨는 못 본 체 할 수가 없었을 것이다. 내 머릿속에 그 아저씨의 얼굴까지 떠오르는 것 같았다.

우리는 일상 속에서 언제나 자기도 모르는 사이에 이런 '최고급' 선물을 가끔씩 받고 있는지도 모른다. 풀이 죽어 있을 때 누군가 건넨 엉뚱한 농담일 수도 있고, 뜻밖에 도착한 무덤덤한 편지일 수도 있고, 기쁠 때 함께 웃어주는 얼굴일 수도 있다.

그런 것들을 항상 느낄 수 있는 마음이었으면 좋겠다. 리본이 매어져 있지 않은 선물은 못 보고 그냥 지나쳐버리기 쉬우니까. 그리고 나도 그런 멋진 선물을 계속 마련해야겠다.

옆자리에 앉은 시간

너무나도 좋아했던 사람과 헤어지고 나서 나는 오로지 시간의 힘에만 기대고 있었다. 누군가가 위로해주는 말도, 마음을 깨끗이 씻어주는 노래도, 산산조각 나버린 내 마음의 파편들을 조금씩 모아주기는 했지만, 접착제가 되지는 못했다. 조각난 파편들을 하나하나 붙여서 원래의 내 마음으로 되돌려놓을 수 있는 건 오직 시간뿐일 거라고 생각했다.

마음이 산산조각 난 그때, 이별의 과정은 (과장일지도 모르지만) 내 마음을 쥐어뜯는 것만 같았다. 그때는 정말로 마음이 갈기갈기 찢기는 듯한 느낌이었다.

그렇게 말도 못 할 만큼 슬펐을 때, 나에게 시간은 믿음직스러운, 옆자리에 앉은 과친구 같은 것이었다. 있잖아, 난 너 말고는 의지할 사람이 없어. 그니까 빨리 어떻게든 좀 해봐. 나는 끝도 없이 시간에게 말을 걸고 있었다.

믿음직스러운 과친구는 응, 알았어, 하고 두말없이 받아주었고, 또 실제로 뭔가를 해주었다.

아아, 도대체 얼마나 많은 시간이 지나야 이 우울한 기분이 맑아질 수 있을까, 그런 생각을 하던 중에 우연히 잡지에서 운세 페이지가 눈에 띄었다.

○월 ○일은 당신에게 운이 좋은 날입니다.

나는 이 어설픈 말 한마디에 마음이 놓였다. 우울한 일도 슬픈 일도 이젠 끝이야, 아아 이제 살 것 같네. 그리고 나는 기분 좋게 학교에 갔다.

특별히 즐거운 일도, 우울한 기분이 싹 달아날 것 같은 일도 없이 시간은 흘러갔다. 쳇, 아무것도 달라진 게 없잖아. 그리고 괜스레 주위를 째려보며 수업을 들었다. 그대로 집에 가기는 싫어서 그 무렵 친구들끼리 모이는 아지트에 갔다. 아무도 없었다. 한껏 기대하던 것이 없어 더 우울해진 나는 울적한 기분을 달래려고 거기 있던 카세트 플레이어를 들고 옥상에 올라갔다.

우리가 자주 모이던 장소는 오래된 학교 건물의 지붕 밑에 있는 다락방이어서, 지붕 위로 쉽게 올라갈 수 있었다. 비스듬한 함석지붕 위에 벌렁 드러누워 하늘을 쳐다보았다. 햇살을 흠뻑 빨아들인 함석지붕은 이불처럼 따뜻했다. 록밴드 RC 석세션의 테이프를 넣고 볼륨을 키운 채 동네를 내려다보았다. 한없이 펼쳐진 하늘 아래로 빌딩들이 뒤섞여 흐릿하게 보였다.

인기척이 느껴져 고개를 들어보니 내가 너무나 좋아했던 그 친구였다. 그는 쿵쿵 시끄럽게 울리는 노래를 듣고는 "RC 석세션이네" 하고 한마디 하더니, 다락방으로 내려가 잡동사니 속에서 봉고 북을 꺼내 들고 다시 지붕 위로 올라왔다. 나는 상관하지 않고 하늘과 동네 사이를 바라보고 있었다.

우리는 서로 조금 떨어진 곳에 앉아서 몇 마디 말만 나누고는 그냥 잠자코 있었다. 나는 테이프 소리에 맞춰 작은 목소리로 노래를 불렀고, 그 친구도 봉고를 두드리며 노래를 불렀다.

통통, 통통, 봉고를 두드리는 그의 모습을 보면서, 아아, 내가 이 친구의 이런 모습을 좋아했었구나, 하고 가만히 생각했다. 그런 생각을 하면서 깜짝 놀랐다.

확실히 시간은 흘렀던 것이다. 슬펐던 내 기분도, 그 친구를 좋아했던 생생한 느낌도, 매달리던 마음도, 과거의 시간도 모두 다 싣고 시간의 흐름은 저 멀리 흘러가버린 것이다. 나는 그 친구 옆에서 아무것도 생각할 수가 없었다. 연인도 아니었고, 친구로도 되돌아갈 수 없었고, 이제 그는 그저 역 플랫폼에 나란히 서 있는 모르는 타인 같은 사람이었다.

그건 내게 완전히 '좋은 일'이었다. 아픔의 상처는 이제 다 아물었다. 그렇게 그 친구와 아무런 감정도 없이 얼굴을 볼 수 있으면 좋겠다고 줄곧 바랐다. 믿음직스러운 과친구는 정말로 내게 힘이 되어주었던 것이다. 그런데도 나는 슬펐다. '좋은 일'이 슬픔을 데려오기도 하는구나, 나는 집에 돌아와 그런 생각을 했다.

즐거움만 남은 추억은 왠지 슬프다

그때의 슬픔조차 지금은 내 안에 남아 있지 않다. 정말로 슬펐다는 건 기억나지만, 잠시도 가만히 있을 수 없었던 그 때의 감각은 느껴지지 않는다. 그건 그것대로 슬픈 일이기는 하지만, 이제 더 이상 슬퍼할 수는 없다. 그러면 한도 끝도 없을 테니까.

중학생 시절 나는 흘러가는 시간을 진지하게 받아들이며 불안해했다. 즐거운 하루하루가 흘러가버리는 게 두려워 '제발 시간을 멈춰줘!' 하고 늘 마음속으로 외쳤다.

하지만 아무리 외쳐도 소용이 없었다. 다만 시간의 흐름에 맞서 이길 수 있는 방법이 있다면 그건 오직, 흘러가는 즐거운 시간에게 지지 않을 만큼 지금 이 시간을 즐겁게 보내는 것뿐이라고 서서히 깨닫게 되었다.

지나치리만큼 믿음직스러운 시간에게 지지 않으려고, 대학 시절 나는 즐겁게 시간을 보내는 것을 목표로 삼았다. 실제로 그 시절의 나는 아무도 데리러 오지 않는 해질녘의 아이 같았다. 아무도 데리러 오지 않으니까 계속해서 놀 수 있었다. 아무 걱정할 필요가 없었다.

온갖 멋을 부리고 롯폰기에서 신나게 노는 건 성격에 맞지 않았던 나는 대학에서 연극을 시작했다. 작은 학생극단에 들어가 일 년 내내 연습했다.

아무것도 없는 상태에서 대본이 쓰이고 세트가 만들어지고 분장이 끝나고 연극이 완성된다. 이른 아침 학교에 와서 다른 동아리에서 만든 입간판을 훔쳐 함께 페인트를 칠하고 홍보 문구를 작성한다. 소극장을 빌려서 공연을 한다. 꽤나 사치스러운 놀이였다.

하루 일과가 끝나면, 날마다 얼굴을 맞대고 연습하는 친구들인데도 헤어지기가 싫어, 별 할 일도 없으면서 빈둥거리며 함께 시간을 보냈다. 열 명 가까이 되는 친구들이 한 친구의 아파트에 가서, 만두 파티며 불고기 파티며 온갖 이름을 갖다 붙이고 밤새도록 술을 마셨다. 좁아터진 방에서 마늘 냄새를 팍팍 풍기며 남녀가 뒹굴뒹굴 꽁치처럼 누워 있었다. 즐거워서 잠은 오지 않고, 실없는 농담을 하며 웃고 떠들었다. 다음날도 역시 똑같은 얼굴들을 마주 보며 연습했다. 연습이 끝났지만 질리지도 않는지 또 다 같이 밥을 먹으러 거리로 나갔다.

대학을 졸업한 나에게 그것들은 이제 추억이다. 시간이 흘러 추억의 병뚜껑이 닫히는 순간, 병 안에 있는 우울한 것들은 발효하여 아름다운 것들로 변한다. 그래서 병 안에는 즐겁고 아름다운 것들로만 가득 차게 된다. 그렇게 대학 시절의 추억 속에는 분명 우울한 것들도 섞여 있었지만 나중에는 즐거운 것들만 진하게 남았다. 목표는 달성한 것이다. 그런데 그걸 지금 떠올려보면…… 즐거운 것들로 가득한 병 속을 들여다보면 조금 슬픈 기분이 든다. 그 시절과 거의 맞먹을 정도로, 아니 그보다 더할 정도로 지금이 즐겁다고 해도, 즐거움만 남은 추억은 왠지 슬프다.

시간은 참 알 수 없는 친구

시간은 정말 알 수 없는 친구다. 다정하게 대해주다가도 때로는 내팽개친다. 손을 내밀어주다가도 가끔은 말도 안 되는 심술을 부린다.

상처를 달래주는 것도 시간이고, 지금 이 순간순간을 추억으로 만들어주는 것도 시간이고, 그것들을 아름답게 지켜주는 것도 시간이다. 이토록 위대한 것인데도 언제나 슬픔을 등에 업고 있다.

시간이 상처를 달래주어도, 지금 이 순간을 즐겁게 해주어도, 아름다운 추억만을 모아주어도, 나는 왠지 슬펐다.

바람 불면 날아가버릴 것 같은 가냘픈 슬픔일지도 모를 그것이 내 마음을 콕콕 찌르고 있다.

시간을 타고 흘러갈 수밖에 없듯이, 이 자그마한 슬픔에서 영원히 벗어날 수 없을지도 모른다.

옆자리에 앉은 과친구와는 잘 지내야 한다고, 미워하고 싫어해봤자 소용없는 거라고 깨닫기까지 꽤 많은 시간이 흘러버렸다.

핑크빛 안경

그것은 어느 날 갑자기 시작되었다.

홍역처럼 갑작스러웠다. 두통처럼 심해졌다가 약해졌다가 했다. 그리고 만성 당뇨병처럼 계속되었다.

그렇게 열일곱 살의 나는 사람이 싫어졌다.

원인은 모호했다. 원인이란 게 있는지조차 알 수 없었다. 하지만 그때는 원인 따위는 아무래도 상관없었다.

하루하루 즐거웠던 날들이 갑자기 잿빛 안경 너머로 보이기 시작했고, 정말로 좋아했던 친구들도 갑자기 싫어져, 나는 뭘 어떡해야 할지 몰랐다. 그때까지 재미있게 보던 TV

프로그램, 음식 이야기, 좋아하는 연예인 이야기 따위가 참을 수 없을 만큼 하찮게 여겨졌다. 다들 무슨 생각을 하고 있는 거지? 친구들의 속마음이 보이지 않게 되었고, 다들 이상한 생각을 하고 있는 것 같았다. 나는 조금 얌전해졌다. 그때까지 바보처럼 까불고 떠들다가 갑자기 입을 꾹 다물게 되었다.

원인이 있다면…… 지금 생각해보면 조금은 짐작 가는 데가 있다.

'사람'이라는 것을 알 수 없었다

고등학교 3학년 가을, 아버지의 장례식이 있었다. 나에게 그 일은 인생에서 가장 충격적인 이벤트였다. 이벤트답게 장례식은 성대했다. 하지만 결코 좋은 이벤트는 아니었기에 화려하게 치르고 싶지는 않았다.

검은색 테두리로 둘러싸인 아버지의 웃는 얼굴 앞에서 친척들은 스시, 튀김, 조림에다 맥주까지 차려진 테이블에 둘러앉아, 술을 마시고 노래를 부르며 야단법석을 떨었다. 아직 어린 나에게 그것은 슬픔을 달래기 위한 의식으로는 도저히 보이지 않았다. 마치 뭔가 축하 행사라도 벌이는 것 같았다.

어처구니없을 정도로 즐거워 보이는 잔치가 끝나고 친척들은 돌아갔다. 어머니의 동생인 외삼촌은 남아서 어머니에게 화려한 장례식을 비난했다. 잠자코 듣고 있던 나는 마치 아버지가 나쁜 소리를 듣고 있는 것 같은 기분이 들어 우울한 마음에 엉엉 울고 말았다. 그 바람에 외삼촌은 그만 기가 한풀 꺾여 나를 달래주고는 돌아갔다.

외삼촌도 친척들도 대체 무슨 일이 일어났는지 알고 있기나 한 걸까. 가깝게 지내던 한 사람의 인간이 죽은 거다. 이 세상에서, 우리 눈앞에서 사라져버린 거다. 어떻게 스시를 먹을 수 있으며, 남의 험담을 할 수 있을까. 다들 돌아가고 잠잠해진 방에서 나는 혼자 훌쩍훌쩍 울었다.

'사람'이라는 것을 알 수가 없었다. 아마 그때부터 그런 생각을 하기 시작했던 것 같다. 어두컴컴한 방에서 나는 '인간혐오' 바이러스를 남몰래 삼켜버렸는지도 모른다. 그리고 그것은 내 몸속에서 서서히 부풀어 올라, 어느 날 펑 터져버렸다.

대입 수험이 시작되면서 등교가 자유로워진 것이 기뻤다.

자유 등교가 아니었을 때도 나는 수험 공부를 핑계로 학교에 나가지 않았다. 사람을 만나고 싶지 않았다.

그것은 대학생이 되고 나서도 변함이 없었다. 대학교는 온갖 사람들로 가득해 누가 내 친구인지, 뭘 생각하고, 뭘 말하고, 뭘 웃고 있는지 전혀 알 수가 없었다. 그래도 나는 언제나처럼 웃으며 이야기했는데, 분명한 건 내가 그때 누군가를 좋아하고 있었다는 것이다.

누군가를 좋아한다, 누군가를 진심으로 믿는다, 이런 느낌이 어떤 건지 가물가물해지고 있을 무렵, 대학교 4학년이던 나는 혼자 자취하며 살기로 했다. 혼자서 충분히 살아갈 수 있다고 생각했다. 그런데 혼자만의 시간이 차고 넘칠 만큼 많아지면서 나는 그동안 잊고 있었던 느낌이 점점 되살아나는 것 같았다. 사람이 좋아진 것이다.

혼자 산다는 건 자유로움이다. 새벽까지 전화로 수다를 떨 수도 있었다. 친구가 놀러 오면 밤을 꼬박 새우며 이야기했다. 지금 놀러 가자, 그렇게 말하고 밤 11시에 만날 수도 있었다. 사람들과 사귀는 법을 조금씩 되찾기 시작했다. 시답잖은 말로 수다 떠는 즐거움, 서로의 생각 주고받기, 진심으로 웃기, 사람과 함께 있으면서 느껴지는 편안함 같은 것들이 되살아났다.

잿빛 안경은 어느새 핑크빛 안경으로 변했다. 귀찮게 여겨지던 일들이 더이상 귀찮게 여겨지지 않았다. 사람을 만나는 것도, 이야기하는 것도, 이해받고 싶은 것도. 귀찮기는 커녕 즐거워서 어쩔 줄을 몰랐다. 누구든 자유롭게 만날 수 있는 삶은 나에게 마음의 재활 치료 같은 것이었다. 자취방으로 친구를 부르는 횟수가 잦아졌다. 함께 TV를 보고 밥을 먹고 느긋하게 이야기를 나누었다. 오히려 혼자 있는 시간이 더 적을 정도였다. 그것은 결코 지겹거나 괴로운 시간이 아니었으며, 그러다 정신을 차리고 보니 어느새 나는 잿빛 안경을 벗고 있었다.

날 구해주는 것도 역시 사람이야

좋아하는 친구와 함께 있으면 모든 것이 즐거움으로 가득 찬 것 같은 기분이 든다. 정말 화사한 색의 선글라스를 쓰고 있는 것 같은 날들이 된다. 내 마음 말고는 아무것도 달라진 게 없는데도 말이다.

어릴 때, 학교가 끝나고 돌아가는 길에 친구와 헤어지기 싫어서, 집으로 곧장 오라는 엄마의 말을 듣지 않았다. 친구와 함께 강아지와 장난치기도 하고 슈퍼마켓에서 어슬렁거리기도 했다. 그러다가 결국 거리가 어둑어둑해질 때쯤 되면 투덜대며 버스에 올라타고 친구에게 손을 흔들었다.

스물한 살에 집을 나왔을 때 시간은 휘익 되돌려져, 나는 다시 어린아이 시절의 나로 되돌아갔다. 오랫동안 앓던 병에서 드디어 해방되었다. 내가 정말 사람을 좋아했었다는 걸 기억해낸 것이다.

참 좋아하는 친구가 있다. 그는 뭐든지 스스로 해결하는 사람이다. 어찌어찌 고민을 해결했는데도 왠지 마음이 슬플 때면, 그는 종종 내게 편지를 보낸다. 나도 무슨 일이 있으면 곧바로 그에게 편지를 쓰기 때문에 자주 얼굴을 보지 않아도 늘 가까이 있는 듯한 느낌이 든다. 그런 그가 언젠가 이런 말을 써서 보냈다.

"나 혼자서 뭐든지 할 수 있다고 생각했는데 그건 큰 착각이었던 것 같아. 얼마 전에 여러 가지 힘든 일이 있었는데 사람들한테서 도움을 많이 받았어. 나한테 상처 주는 것도 사람이고, 우울하게 만드는 것도 사람인데, 이렇게 날 구해주는 것도 역시 사람이네."

그 글을 읽고 나는 왠지 모르게 마음이 놓였다. 아아, 그렇구나 하고 고개를 끄덕였다. 추운 날에 따뜻한 코코아를 호로록 홀짝일 때처럼 가슴 안쪽이 포옥 따스해졌다.

혹시 내가 또다시 병에 걸린다면 그걸 치료해주는 건 역시 사람밖에 없다는 걸, 나는 잘 알고 있다. 내가 아무도 믿지 못하게 된다 해도 그걸 낫게 해주는 건, 나 자신도 의사도 아닌 함께 웃어주는 사람뿐이다.

공터에서 불꽃놀이를 보며 큰 소리로 웃고, 지하철 막차를 타려고 플랫폼에서 소리 지르며 뛰어가고, 한밤중에 목소리를 죽여가며 전화로 긴긴 이야기를 하고, 말로 할 수 없거나 슬픈 일은 편지에 써서 보내고…… 언제까지나 그러고 싶다. 집으로 가는 버스 안 유리창에 얼굴을 찰싹 갖다 댄 채 언제까지나 친구에게 손을 흔들던 어린 시절의 내 마음을 쭉 지키고 싶다.

잿빛 안경을 손에 넣을 자유와 마찬가지로 핑크빛 안경을 손에 넣을 자유도 우리는 갖고 있는 것이다.

천국과 지옥

처음에는 말을 원했다. 좋아한다는 말, 네가 제일 좋다는 말, 어쨌든 그런 분명한 말을 원했다. 내 마음과는 별개로 우선 상대방의 입에서 나오는 그런 분명한 말을 듣고 싶었다. 만난 시간이 아무리 길어도, 한밤중에 전화를 아무리 오래 해도, 나는 상대방을 절대 믿지 않았다. '이 사람이 날 좋아하는 건가?'라는 생각은 든다. 하지만 아무것도 받은 게 없잖아. 분명한 말을 들은 것도 아니고. 날 좋아하는 건가 하는 생각은 역시 내 착각이었던 거야.

그 무렵 나도 힘들었지만 그 사람도 힘들었을 것이다. 세상에는 "네가 좋아" 하고 확실히 말할 수 있는 사람과 그렇게 말할 수 없는 사람이 있다. 운이 나쁘게도 내가 그때 사귀던 사람은 그런 말을 할 수 없는 사람이었다. 나는 그 확실한 말을 듣겠다고 이리저리 끙끙대며 온갖 애를 썼다. 확실한 말을 들을 때까지 우리는 연인 사이가 아냐, 그냥 좋은 친구야, 그렇게 생각하면서 나는 항상 시시하다는 듯한 얼굴을 하고 있었다. 입만 열면 빙빙 둘러서, 난 너한테 어떤 사람이야, 하고 진지한 척 말을 꺼냈다.

지금 생각해보면 참 시간 낭비 같은 짓을 했구나, 하고 후회스러운 마음이 든다. 밤에 실컷 전화로 이야기하고 신나게 데이트를 계속하는데도, 단지 그 말을 안 해준다는 이유만으로 나는 그 즐거운 시간들을 즐기지 못하고 이래저래 고민만 했다.

함께 시간을 보내고 한참이 흐른 뒤에야 나는 그토록 바라던 말을 겨우 들었다. 아아, 이제부터는 천하태평, 만사형통이겠구나.

말보다 더 중요한 것들

그런데 실제로는 그렇지 않았다. 그렇게 바라고 바라던, 그것만 있으면 모든 게 술술 풀릴 것 같은 마법의 주문이라 생각했는데, 막상 그 말을 듣고 나는 그저 "흐응" 하고 그 말을 흘려 넘겼다. '이런 거였어?' 하고 생각했다. 왜냐하면 나는 그 말을 진심으로 믿고 받아들일 수가 없었기 때문이다. 그런 흔해빠진 구닥다리 같은 말은 왠지 거짓말처럼 들린다. 하지만 내 남자친구는 시인도 아니고 그냥 보통 사람이니까 그런 흔해빠진 말이라도 믿어줘야 한다. 하지만 그 말 한마디를 진심으로 믿고 그것만으로도 하늘을 날 것 같은 기분이 드는 사람은 얼마든지 있겠지만, 나는 그 말을 거짓으로만 들으려고 했다. 이 바보 같은 여자야, 글을 쓰면서도 스스로 생각한다. 멋지고 신나는 꽃길이 바로 눈앞에 쭉 펼쳐져 있는데도 굳이 가시밭길을 걸으려고 했다.

그런 말 따위 해주든 안 해주든 아무 상관 없다고 믿는 사람이 많다는 걸 나는 차츰 알게 되었다.

그리고 따뜻한 손이나 부드러운 눈길, 그런 걸 믿으려고 했다. 말보다는 그런 게 더 중요하다는 걸 알게 되었고, 그런 걸 받고 싶다고 생각했다. 좋아한다고 말해주지 않아도 그 사람이 내미는 손이 따뜻하면 나는 행복해졌다. 거짓일 수도 있는 건 오히려 말이었다. 아무리 달콤한 말을 해준다 해도 그 모든 게 거짓일 수도 있다. 그렇다면 그런 말을 해주는 것보다, 나를 보며 웃어주고 곁에 있어 주는 게 좋다. 또 이런 건 말보다 훨씬 더 간단해서 이것저것 고민하지 않아도 된다.

그런데 어느 날, 그런 것들에서도 결함이 보이기 시작했다. 나는 왜 이렇게 의심이 많은 걸까. 웃는 얼굴, 따뜻한 손, 곁에 있어 주는 다정함, 이런 것들의 판단 기준이 주관적이고 모호하다. 수족냉증이 아니라면 손이야 누구나 따뜻할 테고, 내가 먼저 웃으면 누구나 미소를 짓는다. 또 곁에 있어 주는 다정함이라는 것도 나 혼자만 느끼는 건지도 모른다. 그래서 나는 연인과 함께 있는 시간을 행복이라고 느끼면서도 마음 한구석에서는 늘 그렇게 믿지 못했다. 이 얼마나 안타까운 성격인가.

말도 못 믿고 말이 아닌 것도 못 믿는, 그런 안타까운 나 자신이 싫었다. 그럼 나는 도대체 뭘 믿을 수 있을까, 하고 생각했다. 대답은 나 자신이었다. 나 자신이라면 믿을 수 있다. 내가 나에게 거짓말을 할 리는 없다.

나는 이 사람을 좋아한다. 그건 믿을 수 있다. 그럼 좋아하자. 지금 이 사람 옆에 있으면 나는 즐겁다. 그렇다면 함께 있는 상대방도 그렇게 느낄 것이다. 같이 있으면서 마음이 안 편한 사람과 함께 있고 싶은 생각이 들지 않듯이, 이 사람도 마음이 편하지 않은 사람과 함께 있고 싶지는 않을 것이다. 그렇다면 내가 즐겁다고 느끼는 한, 이 사람 곁에 있자.

초등학교 산수 문제처럼 간단해 보여도, 나는 이걸 깨닫기까지 5년 가까이 걸렸다. 그리고 이렇게 깨닫고 나서부터 모든 게 정말 편해졌다. 바보같이 신나게 데이트를 했다. 내가 즐겁다고 느끼는 한, 상대방도 그렇게 느낄 테니까.

모든 건 다 내 마음먹기야

사람의 마음이 움직이는 방식은 정말로 오묘해서, 둘이 있을 때 어느 한쪽의 기분이 우울해지면 그 우울함의 바이러스는 상대방의 마음에도 날아간다. 그러면 우울하지 않은 쪽도 어느새 우울해지고 결국엔 둘 다 입을 닫아버린다. 상대방이 따분하다고 느끼면, 따분함의 바이러스가 날아와, 나도 왠지 어딘가 어긋나는 듯한 느낌이 들면서 마음속 틈새로 찬바람이 휭휭 새어드는 것만 같다. 그러니까 내가 정말로 즐겁다면, 그건 상대방이 나에게 따분함의 바이러스도 우울함의 바이러스도 날려 보내지 않았다는 말이다. 그리고 내 즐거움의 바이러스가 상대방의 마음에도 분명 전해진 것이다. 그제야 나는 즐거울 때는 정말로 즐겁다고, 행복할 때는 정말로 행복하다고 확실히 느낄 수 있었다.

다른 사람은 어떤지 모르겠지만, 이렇게 글을 쓰고 있으니 나라는 인간이 정말 싫다는 생각이 든다. 항상 남을 못 믿겠다는 생각만 하다가 결국 자기 자신이라면 믿을 수 있다니.

자신을 믿는다는 건 무척 이기적인 말처럼 들린다. 정말 그럴지도 모르지만, 어쨌든 나 자신을 믿으면 상대방도 믿을 수 있을 것 같다. 내 눈에 비친 상대방의 모든 것을 믿을 수 있다. 쓸데없는 건 생각하지 않아도 된다.

가끔 "내가 그렇게 생각하면 그게 맞는 거야"라고 말하면, "넌 어떻게 그런 제멋대로인 말을 아무렇지도 않게 하니"라는 말을 들을 때가 있다. 그래. 자신을 믿는다는 건 정말 제멋대로인 건지도 모른다. 하지만 나는 나 자신을 믿고 나서야 비로소 아무 의심도 없이 즐거울 때 즐거워할 수 있게 되었다. 또 이 사람을 좋아하니까 함께 있는 거라고 생각하게 되었고, 고민할 필요도 없는 일은 고민하지 않게 되었다. 이렇게나 편해졌는데 나 자신을 믿으면 안 된다니, 그럴 수는 없다.

좋아한다는 말도, 따뜻한 손길도, 모든 게 다 내 마음먹기에 달려 있어 천국도 될 수 있고 지옥도 될 수 있다.

선생과 뽀글뽀글 파마

여기서 처음 하는 말이지만, 나는 고등학교 시절에 뽀글뽀글 파마를 한 적이 있다. 그렇다고 미용실에 가서 뽀글뽀글 파마를 해달라고 말한 건 아니다. 세련된 미용실이 아니라, 어느 동네 상가든 꼭 한 군데는 있는 파마집, 긴 머리의 외국 여자가 웃고 있고 한쪽 모서리가 누렇게 뜬 낡은 포스터가 벽에 붙어 있는 그런 동네 파마집에서 일어난 일이다.

세련된 미용실에는 미용사와 샴푸를 해주는 사람이 여러 명 있고, 접수처에서 자신이 원하는 헤어 디자이너를 지명할 수도 있다. 동네 파마집에는 한가해 보이는, 화장을 진하게 한 아줌마가 있고, 그 아줌마는 엄마의 친구일 수도 있다. 내가 처음 파마를 한 곳은 바로 후자였다.

뽀글뽀글 파마를 한 데는 이유가 있다. 앞머리를 살짝 내리는 단발머리나 레이어드컷이 유행하던 그 시절에 뽀글뽀글 파마를 했는데 이유가 없을 리가 없다. 그리고 그 이유를 설명하려면 내가 만난 학교 선생들의 이력부터 시작해야 한다.

슬픔이 너무 크면 눈물조차 나오지 않는다

철이 든 뒤로 나는 쭉 선생 복이 없었다. 선생이 제자들과 하나가 되어 함께 눈물 흘리는 드라마가 한때 꽤 인기를 끌었는데, 그걸 보면서도 나는 와 닿는 게 전혀 없었다. 저런 말도 안 되는 이야기를, 이런 생각만 들었다. 그만큼 나와 선생의 역사는 비참했다.

초등학교 시절에는 뚱뚱한 아저씨가 4년 동안 담임이었다. 그 선생 때문에 순진한 초등학생 하나가 완전히 비뚤어졌다. 나는 불량 초등학생이었다. 불량하다고 해서 화장을 하고 등교했다거나 책가방을 찌그러뜨리고 다녔다거나 유흥업소에 발을 들였다는 말은 아니다. 수업 시간에 쉴 새 없이 떠들고, 땡땡이치고 놀러 가고, 그래서 복도에 꿇어앉아 있고, 그런 일들이 셀 수도 없이 많았다. 4년 동안 아저씨 선생한테 뺨을 맞은 아이는 나 혼자뿐이었다. 내가 비뚤어진 게 먼저일까, 이 아저씨가 나를 미워한 게 먼저일까. 답은 뻔하다. 사랑받는 아이가 비뚤어질 리는 없다. 아저씨는 다른 아이한테는 엄청나게 편애를 하면서, 그렇게 싫어하는 나한테는 시험 때 커닝을 했다고 뒤집어씌우기까지 했다.

그 때문에 나는 철이 든 뒤로 교사라는 인간들에 대해 '마리아나 해구'보다도 더 끝을 알 수 없는 깊은 불신을 갖게 되었다.

초등학교를 졸업하면서 그대로 자동적으로 입학한 미션계 중고등학교에는 선생 중에 기독교 신자들이 많았다. 그래서 날마다 하나님, 하나님, 이 말만 줄기차게 들었다. 예수님의 말이나 구약성서의 대모험 같은 이야기는 정말 좋아했지만, 이 선생들 때문에 기독교인에 대한 편견이 그만 몸속에 박히고 말았다.

내가 만난 선생들은 대부분 하나님, 하나님, 오로지 이

하나님에게만 순종하고 성실했다. 다시 말해, 살아 있는 인간 따위는 어찌 되든 상관하지 않았다. 그래서 무슨 일이 생기기만 하면 나는 그들의 의심을 받았다. (초등학생 때 잘못한 것들 때문이었을까.)

가장 먼저 의심의 표적이 된 것이 내 머리카락이었다. 입학했을 때는 찰랑찰랑 쭉 뻗은 생머리였는데, 생리가 시작된 뒤로는 머리카락이 동글동글 말리더니 그만 곱슬머리가 돼버렸다. 미용사가 그러는데 사춘기 때는 흔히 있는 일이라고 한다. 하지만 사춘기 따위는 안중에도 없는 선생들이 내게 던진 의심의 눈초리는 굉장했다. 한 달에 한 번 복장 검사라는 걸 했는데, 나는 초등학생 때에 비하면 훨씬 더 얌전해지긴 했지만, 언제나 이글거리는 불꽃 같은 눈들과 마주했다.

"너, 파마했지?"

"아뇨, 곱슬머린데요."

"파마했지?"

"곱슬머린데요."

선생 앞에서 마치 돌림노래를 부르는 것 같았다. 설마 지옥 끝까지 가는 게 아닐까 싶을 정도로 계속되는 이런 비생

산적인 말씨름으로 얼마나 많은 방과 후 시간을 허비했는지 모른다.

신앙심 깊은 어떤 선생은 내가 중학교 1학년 때 생머리였던 사진까지 가져와서는 "이때는 이렇게 쭉 뻗은 생머리잖아?" 하고 따졌는데, 이때는 정말이지 말문이 탁 막히는 줄 알았다. "곱슬머리로 변했단 말이에요"라고 해도 "말도 안 되는 소리 하지 마"라는 말만 되돌아왔다.

도대체 어디서 그런 파워풀한 집착이 나오는 걸까? 죽은 사람을 되살렸다는 예수 그리스도의 기적은 한 치의 의심도 없이 믿으면서, 어째서 곱슬머리로 변했다고 말하는 살아 있는 나의 목소리는 믿어주지 않는 걸까? 무섭다는 생각마저 들었다.

파마했지? 파마했지? 지겹도록 이 말을 들은 나는 고등학교 1학년 여름, 정말로 파마를 해보았다. 기왕 하는 거니까 맘에 드는 머리 모양으로 해야지, 그런 생각에 잡지에서 사진을 오려 들고 '동네 파마집'으로 갔다. 여기라면 엄마 친구 집이기도 하니까 괜찮겠지. 그때까지도 나는 미용실 선택에서 엄청난 실수를 저질렀다는 걸 깨닫지 못했다.

생글생글 웃으면서 학교 일이며 이런저런 이야기를 하다

보니 몇 시간이 훌쩍 지나갔다. 내 머리에서 파마 롯드가 하나하나 풀려나갈 때만 해도 나는 내가 저지른 실수를 아직 깨닫지 못하고 있었다. 어? 머리가 좀 짧아졌네? 그래도 말리면 괜찮겠지. 이런 태평한 생각을 하면서 앉아 있었다.

드라이어로 머리를 다 말리고 "자, 다 됐다" 하는 아주머니의 목소리를 듣고서야 나는 내가 얼마나 큰 실수를 저질렀는지 알게 되었다.

미용실을 잘못 골랐던 것이다. 동네 파마집이 아니라 제대로 된 미용실에 가야 했다. 아니야, 내 표현력이 부족했던 거야. 아냐, 아냐, 바보 같은 선생들이 야단치든 말든 그냥 곱슬머리 그대로 놔둬야 했어. 거울에 비친 내 모습을 보고 있으니 온갖 후회가 가슴속에서 폭풍처럼 휘몰아쳤다. 아냐, 아냐…… 가장 나쁜 건, 고등학생인 날 이런 머리 모양으로 만든 파마집 아줌마야!

하지만 엄마 친구이자 동네 사람이기도 한 아주머니에게 나는 한마디 말도 못 하고, 부처님 불상인지 야쿠자 부하인지 알 수 없는 뽀글뽀글 파마머리를 한 채 눈물을 꾹 참으며 억지 미소를 지었다.

"고맙습니다."

깍듯이 인사까지 하는 건 기독교 교육을 받은 나의 슬픈 습성이다. 그 웃는 얼굴이 어찌나 못생겼던지…….

집에 돌아와서 나는 거울을 뚫어져라 쳐다보았다. 잡지에서 오려간 사진은 아무 의미가 없었다. 이런 머리 모양이라면 굳이 사진을 오려서 보여줄 필요도 없이 그냥, 뽀글 파마로 해주세요, 하고 말해도 충분하다. 슬픔이 너무 크면 눈물조차 나오지 않는다. 고등학교 1학년인 나는 실연이 아니라 뽀글 파마로 그 사실을 알게 되었다.

스트레이트 파마는 괜찮단 말이야?

그건 그렇고 내일은 종업식이야. 아무리 평소에 파마머리라는 말을 들어온 나라고 해도 이 머리로 학교에 갔다가는 온전치 못할 거야. 나는 침울한 표정으로 엄마에게 의견을 구했다.

"괜찮아, 괜찮아. 파마한 줄 전혀 모르겠는데 뭐."

활짝 웃으며 이렇게 말하는 엄마를 보면서 엄마라는 사람은 정말 위대하다는 생각을 했다. 눈에 뻔히 보이는 뽀글뽀글한 머리를 보고도 파마한 줄 모른다면, 세상에 교칙이라는 것이 왜 필요하겠는가. 하지만 이미 평상심을 잃은 나는 "그런가?" 하며 실낱같은 희망을 품고 엄마의 말을 곧이곧대로 믿었다.

이튿날, 엎친 데 덮친 격으로 나는 지각을 했다. 여느 때 같은 평범한 지각이 아니라, 뽀글뽀글 파마머리로 지각을 한 것이다. 교실 뒷문으로 살그머니 들어갔다고 생각했는데, "우와!" 하고 한 명이 고함치듯 외쳤고, 그와 동시에 반 아이들 전부가 뒤돌아보았다. 반 아이들 전부에 더해서 선생의 눈길까지 쏟아지는 속에서 나는 "죄송합니다. 지각했습니다" 하고 머리를 긁적이며 자리에 앉았다. 다들 너무나 놀란 표정으로 웅성거리기 시작했다. 모르긴 뭘 몰라, 다 들켰잖아. 나는 속으로 엄마를 원망했다.

조례가 끝나고 선생이 나가자 친구들이 내 주위에 우르르 몰려들었다.

"어떻게 된 거야, 그 머리?" 하고 묻는 친구, "대박!" 하고 감탄하는 친구, "부처님 불상 같아!" 하고 너무나 솔직하게 평하는 친구, 다들 제각각 한마디씩 했다.

당연하겠지만, 그날 수업이 끝나자마자 나는 선생에게 불려갔다. 나 말고도 대여섯 명의 친구들도 함께 불려갔다. 교무실에 들어가니 각 학년의 담임과 부담임이 줄줄이 앉아 있었다. 단체 미팅이라도 하는 것처럼 우리는 그 앞에 앉았다.

"오늘 너희들을 부른 이유는 가쿠타의 머리를 보았기 때문이다."

한 선생이 말했다. 내 머리 모양을 보고 기가 막힌 선생들이 다른 아이들의 머리도 검사했고, 그 결과 한꺼번에 모아서 부른 것이다. 그 말을 들은 나는 너무 비참했다. 왜냐하면 내 옆에 앉아 있는 여자아이들은 하나같이 예쁜 파마머리였기 때문이다. 우리는 화난 선생들이 퍼붓는 온갖 잔소리에다, 가끔가다 버럭 고함치는 소리까지 들으면서 고개를 푹 숙이고 있었다. 뽀글뽀글 머리가 무거웠다.

"너희들 나이 때는 예쁘게 보이고 싶어서 파마를 하는 거겠지만……" 하고 선생이 말했다.

'예쁘게 보이고 싶었다면 뽀글 파마 같은 거 할 리가 없잖아!'

나는 나 때문에 이렇게 불려와 야단을 맞고 있는 예쁜 파마머리 친구들에게, 뽀글뽀글 파마여서 미안, 뽀글뽀글 파마여서 미안, 하고 사과하고 싶었다.

겨우겨우 우리는 선생들의 설교에서 해방되었지만, 여름 방학이 시작된 첫날 나 혼자만 따로 교장 선생에게 불려갔다. 그것도 엄마와 함께. 그날 당장 가서 쫙쫙 뻗은 스트레이트 파마를 하고, 가지 꼭지처럼 찰싹 달라붙은 머리 모양을 담임선생에게 보여주고 나서야 겨우 엄마와 나는 집에 돌아올 수 있었다.

어처구니없는 소동이었다.

교칙을 거부하는 것은 으레 있는 일이지만, 나는 온몸으로 거부했다. 엄격한 교칙인 만큼 나는 파마를 했다는 의심을 끝도 없이 받았고, 그러다가 그만 되바라지게도 진짜로 파마를 하고 뽀글뽀글 머리가 되었다. 그것은 내 청춘에 상처를 남겼을 뿐만 아니라 그날 이후로 나는 또다시 선생들의 눈 밖에 나게 되었다.

그건 그렇고, 스트레이트 파마를 하면 용서해준다는 말, 좀 이상하지 않나? 선생들도 그렇고 교칙도 그렇고 말이다.

어떻게 사랑한다고 말해

가끔 내 방이 무슨 동네 사랑방인가 하는 생각이 들 때가 있다. 무슨 말인가 하면, 나는 유달리 남의 이야기를 들을 기회가 많다. 그중에서도 특히 연애 이야기가 많다.

그러고 보면, 참 다양한 연애를 하는 사람들이 있다. 동네방네 떠벌리는 사람도 있고, 속으로 끙끙 앓는 사람도 있다. 어느 쪽이 많은가 하면, 끙끙 앓는 사람이 더 많다. 생각해보면 신기하다. 내 주변이라는 한정된 공간만 해도 슬픔과 괴로움이 이렇게나 넘쳐나는데, 세상 전체라면 얼마나 많다는 말인가. 연애 문제란 밥솥 안에 든 팥밥 속 팥 알갱이 같은 것이다.

영화 속 이야기처럼 살 수는 없다

나는 원래 사람들과 이야기하는 걸 좋아하는 편이라 내 방이 동네 사랑방이 되든 말든 상관없지만, 그래도 정말 싫은 게 하나 있다. 떠벌리든 끙끙 앓든, 자신의 연애 이야기를 몇천 배나 부풀려 말하는 사람의 이야기를 듣는 것 말이다.

내 친구 중에는 이번만큼은 도저히 헤어날 수 없는 마지막 사랑이라며 자기가 이 세상의 주인공이라도 된 양 대단한 연애를 시작하는 사람이 간혹가다 있다. 그런 사람의 연애 이야기는 떠벌리는 수준을 넘어 무시무시하다 싶을 만큼 아름다운 드라마로 꾸며진다. 그런 이야기를 듣는 것만큼 괴로운 건 없다.

그들의 이야기는 정말 굉장하다. 어쨌든 그들의 말처럼 헤어날 수 없는 마지막 사랑인 것이다.

예를 들면, 길에서 (통계적으로 보면 주로 역 개찰구나 플랫폼, 역전 광장 같은 곳, 아무튼 역 주변이 많다) 마치 드라마에서 배우가 연기라도 하듯이 고함을 지르고 끌어안으며 울고불고 난리를 피운다. 난리만 피운다면 별 상관하지 않겠지만, 나중에 집까지 찾아와 1분 간격으로 재방송을 하다가 감정이 격해진 나머지 울음까지 터뜨리는 사람이 아주 드물지만 있다. 나는 이런 게 너무 괴롭다.

이런 굉장한 이야기를 하는 친구는, 내가 "너, 며칠 지나면 너무 창피해서 당분간 그 역 근처에는 얼씬도 못 하겠네"가 아니라, "대단해! 너, 정말 엄청난 사랑에 빠졌구나" 하고 감탄해주기를 기다린다.

하지만 그렇게 감탄할 수 없는 나는 무척 난처해진다.

"그 사람이랑 헤어지면 평생 혼자 살 거야."

"난 그 사람을 만나기 위해 이 세상에 태어났어."

"그 사람은 내 삶의 희망이야."

대단한 연애 스토리를 마무리짓는 이런 무시무시한 대사들을 들을 때마다 나는 속으로, 넌 아직 젊어, 하고 생각한다.

연애 같은 건 얼마든지 할 수 있다. 어떻게든 할 수 있다. 하지만 자신이 생각하는 만큼 자신의 연애가 멋지지는 않다. 이 사람과 헤어지면 죽어버리겠다고 난리를 피워도 몇 년 뒤에는 또 딴 사람이 좋다고 헤헤거리고 있을 가능성이 높다.

그런데 그런 대단한 연애 이야기를 늘어놓는 사람일수록 친구를 편리한 도구쯤으로 우습게 여기는 경우가 많다. 자칭 대단한 사랑에 빠져 있을 때는 코빼기도 안 보이다가, 어쩌다 애인이 없을 때 연락해서 친구를 애인 대용으로 여긴다. 그리고 만나서 하는 얘기라고는 온통 굉장한 자기 연애 스토리뿐이다. 그러다 결국 그 굉장한 연애가 파국을 맞으면 그때만 친구를 소중하게 여긴다. 아아, 싫다 싫어.

실연한 친구가 말했다.

"사는 게 힘들 만큼 슬픈데도, 방귀도 나오고 딱딱 시간 맞춰 배도 고프네."

아무리 행복해도 우리 앞에는 결코 마침표가 찍히지 않고, 현실은 쭉 계속된다. 아무리 슬퍼도 우리는 살아가지 않으면 안 된다. 영화 속 이야기처럼 살 수는 없다.

현실에 제대로 발을 딛고 좋아한다는 것

사귀는 게 무척이나 서툰 커플이 있다. 두 사람의 이야기를 듣고 있으면, 말로 표현하지는 않아도 서로가 서로를 좋아하는 게 눈에 훤히 보인다. 그런데 아무리 애를 써도 뭔가가 어긋난다. 멋진 영화처럼 사귀지 못하는 거다. 참 고민거리이긴 하다.

남자는 그녀를 위한 마음에서 이런저런 말을 하지만, 그 말투가 무뚝뚝해서 나무라는 것처럼 들리기만 한다. 그녀를 위해 무슨 말을 한다는 것 자체가 쑥스러워서 견딜 수가 없는 것 같다. 그리고 그녀는 그의 말을 있는 그대로 받아들여 '날 싫어하는 거야' 하고 슬퍼한다.

서로가 서로에게 좋아한다는 말은 암만해도 하지 못한다. 그런 쑥스럽고 번드르르하고 모호하고 경박한 말은 하고 싶지 않은 거다.

"이제 됐어. 만나도, 다른 연인들처럼 서로 다정하게 대해주지도 않고 상처 주는 말만 하니까. 꼭 연인 사이가 아니어도 괜찮아. 그냥 그 사람, 참 좋은 사람이니까 아무한테도 상처받지 않고 행복하게 살면 그걸로 돼."

여자는 남자친구에 대해 이렇게 말했다.

그 말을 들으니 나는 마음이 놓였다. 그 사람을 정말로 좋아하는구나. 아름답지도, 멋지지도, 황홀하지도 않지만, 현실에 제대로 발을 딛고 좋아하고 있다는 생각이 든다. 서로 좋아하면서도, 복잡한 감정으로 심술을 부리지만, 의외로 이 두 사람은 평생을 함께하지 않을까. 정말로 평생을 함께했으면 좋겠다.

일상 속의 사랑이 좋다

물론 연애에는 다양한 모습이 있기 때문에 멋진 영화 같은 연애도 좋다. 행복하다는 증거다. 하지만 "좋아해!" 하고 서로 외치는 사랑보다는, 어렴풋이 마음이 스쳐가 애달픈 사랑이 나는 좋다. 이 사람밖에 없다고 착각하는 사랑보다는, 지금 이 사람과 함께 있어서 즐거운 기분이 좋다. 세상을 다 짊어진 것 같은 사랑보다는 일상 속의 사랑이 좋다.

내가 감동한 말 중에 이런 게 있다.

"그럼 바빠서 이만."

옛날에 어느 유명한 여배우가 세상을 떠난 애인을 따라 목숨을 끊으면서 남긴 유서 중의 한 구절이다. 오빠에게 남긴 유서에 그녀는 사무적인 내용만 몇 줄 쓰고 (예를 들면 사랑하는 사람과 함께 묻어달라고 한 것) 마지막에 "그럼 바빠서 이만"이라는 말로 끝을 맺었다.

이상하게 들릴지 모르지만, 나는 여러 유서 중에서 이 말을 가장 좋아한다. 실제로 그녀의 속마음이 어땠는지는 모르겠지만, "잠깐 뭐 좀 사 들고 갈게", "금방 택시 타고 갈게" 같은 말이라도 하듯 사랑하는 사람 곁으로 가버린 것처럼 느껴진다. 사랑하는 사람의 곁, 그곳은 이즈 바닷가도 아니고 영국도 아닌 천국이다. 내 머릿속에서 그녀는 천국에서 사랑하는 사람을 만나 "나 왔어, 후훗" 하고 웃고 있는 것만 같다.

전혀 드라마틱하지 않은 그 말 한마디가 내 머릿속에 달라붙어 떠나지 않는다.

자꾸만 망가져가네

얼마 전에 나는 어떤 슬픈 사실을 알게 되었다.

알게 돼서 더 좋은 쪽으로 나아갈 수도 있지만, 그저 알기만 할 뿐 더 이상 뭘 어떻게 할 수 없는 경우도 있다. 이런 경우라면 계속 모르는 게 차라리 낫다. 이것이 내가 생각하는 방식이고, 그래서 그건 알고 싶지 않은 사실이었다. 뭐 어쩔 수 없지, 하고 한숨만 내쉴 뿐이다.

내가 알게 된 슬픈 사실이란 '내가 다정함의 일반적인 정도를 모르는 사람'이라는 것이다. 게다가 '갈수록 점점 더 모른다'는 것이다.

말하자면 이런 거다. 친구가 다정하게 대해준다. 하지만 나는 그 다정함의 정도가 평범한 건지 지나친 건지 잘 모르기 때문에 당황해한다. 왜 나한테 다정하게 대해주는 거지? 이 다정함을 공짜로 받아도 되는 걸까?

내 마음의 한 부분이 자꾸만 망가져가는 것 같다.

"왜 이렇게 잘해주는 거야?"

이런 내 당황함을 무심코 말로 표현하면 친구는 이렇게 말한다. "별것도 아닌데 왜 그래?", "원래 이랬잖아", "당연한 걸 갖고 뭘 그래?" 하지만 뭐가 별것도 아니고, 뭐가 원래 이랬고, 뭐가 당연하다는 건지, 도무지 알 수가 없다. 참 당황스럽다.

이렇게 금이 간 내 마음이 싫어서 가끔 그 다정함을 그대로 받아들이기라도 하면, 엄청난 우울함이 덤으로 따라올 때가 있다. 그럴 때면 상처받은 작은 동물처럼 '아아, 그걸 그대로 믿으면 안 되는 거였는데' 하고 다시 생각을 고쳐먹게 되고, 결국 마음의 금은 더더욱 깊어지고 만다.

다정함을 감지하는 내 마음은 이제 회복 불능 상태가 된 것이다.

이것이 내가 최근에 알게 된 사실인데, 이렇게 금이 간 내 마음은 최근에 시작된 게 아니었다. 이미 꽤 오래전에 금이 가기 시작한 것이다.

이야기는 3년 전으로 훌쩍 거슬러 올라간다.

아름다운 것을 만나다

그해 여름, 나는 불쑥 혼자 노토에 갔다. 여자 혼자서 여행을 떠난 데에는 이유가 있었다. 그해 여름이 시작되고 나는 갑자기 지하철 안에서 쓰러졌다. 그런 일은 처음이었기 때문에 너무 놀란 나머지 나는 혹시나 죽을병에 걸린 건 아닐까 생각했다. 그렇다면 죽기 전에 한번 노토 반도에서 바다를 보고 싶다는 생각에 나는 가진 돈을 탈탈 털어서 야간열차에 올라탔다.

이제 노토 여행에 대해서 말할 차례인데, 그 전에 일단 내가 죽지 않았다는 것부터 말해야겠다. 사실 생각해보면 멀리 바다를 보러 가기 전에 먼저 의사부터 만나야 하는 게 순서였다. 노토에서 돌아와 의사를 만나보니, 의사는 저혈압이 심한 사람은 여름에 꽤 힘들다고 말했다.

충분히 철분을 섭취하라며 처방해준 약을 받고 나는 왠

지 속임수에 넘어간 것 같은 기분으로 집에 돌아왔다.

어쨌든 그 돌발적인 노토 여행에서 나는 아름다운 풍경을 많이 보고 왔는데, 특히 마지막 날에는 정말로 믿기 어려울 만큼 아름다운 것을 보았다. 정확하게 말하면, 아름다운 것을 만났다.

마지막 날, 나는 아침 일찍 버스를 타고 롯코사키 등대로 향했다. 출발지에 정차해 있는 버스는 내가 올라타도 한참 동안 떠날 기색이 없었다. 기사 아저씨는 버스 밖에서 담배를 뻐끔뻐끔 피우고 있었다. 이른 아침에 버스를 타는 사람은 대부분 노인이었는데, 어떤 할아버지가 나에게 말을 걸었다. 어디서 왔느냐, 뭘 보았느냐, 어디로 가느냐, 이번 여행에서 그런 질문들을 자주 받아 익숙해진 나는 솔직하게 대답했다.

운전사가 버스에 올라타고 드디어 출발하려고 할 때쯤, 무슨 말을 하다가 그랬는지는 잘 기억나지 않지만, 그 할아버지가 나를 안내해주겠다고 했다. 참 입담 좋은 할아버지네, 속으로 그렇게 생각하면서 나는 그냥 농담이겠거니 하고 흘려들었다.

버스를 탄 사람은 어째서인지 하나같이 노인들뿐이었는

데, 그것도 전부 다 서로 아는 사이였다. 내가 그 할아버지와 나란히 앉아서 이야기를 하고 있으니 다들 나한테 말을 걸어왔다.

왠지 폭주족 두목의 애인이 처음으로 부하들 모임에 나와 있는 것 같은 장면이 떠올라 그 상황이 무척 웃겼다.

"우리 손자가 도쿄에 있는 대학에 다니는데 위험하지는 않아?" 하고 묻는 할아버지도 있었고, "아이고, 젊은 애인 데려왔네" 하고 할아버지를 놀려대는 할머니도 있었다. 버스 안은 온통 서로 알고 지내는 노인들로 꽉 차, 화기애애하게 소풍이라도 떠나는 것 같았다.

"자, 내릴까?"

할아버지가 먼저 자리에서 일어나는 걸 보고 나는 깜짝 놀랐다. 농담이 아니었던 모양이다.

할아버지는 멀어져가는 버스 안의 노인들에게 기분 좋다는 듯이 손을 흔들었다.

나는 할아버지와 산 정상의 등대를 향해 걷기 시작했다.

할아버지는 나와 함께 등대에 간다고 좋아했지만, 왠지 이상한 생각이 들었다. 그도 그럴 것이, 할아버지는 뭔가 볼일이 있어서 버스를 탔을 텐데 이렇게 우연히 옆자리에 앉은 나와 하루를 보낸다니, 내 상식으로는 이해할 수 없었던 것이다.

정상으로 오르는 길은 조용하고 아름다운 산길이었다. 머리 위를 감싸고 있는 나무들이 햇빛을 가려, 동그랗게 조각난 태양이 방울방울 하늘거리며 고요히 내려왔다. 멀리서는 매미 소리가 들려오고, 그늘져 어두운 산길은 서늘했다.

"손잡고 걸을까?"

갑자기 할아버지가 말을 꺼냈다. 당연히, 나는 눈알이 튀어나올 정도로 놀랐다. 순간, 온갖 공상들이 머릿속을 돌아다녔다.

인기척 없는 산길. 어둑어둑한 분위기. 이 사람은 겉으로는 순박한 할아버지처럼 보이지만 사실은 굉장한 호색한에다가 힘도 엄청나서 날 어디로 끌고 가서 무슨 짓을 할지도 몰라. 아니면, 사람 좋아 보여도 이 할아버지는 야쿠자와 연결되어 있어서 날 꽁꽁 묶어 마카오 같은 데로 보내버릴지도 몰라.

그런데 그 미소 짓는 얼굴에 이끌린 나는 할아버지가 내민 주름투성이의 손을 너무나 당연하다는 듯이 꼭 잡았다. 할아버지는 기분 좋다는 듯이 웃었고 우리는 또 그렇게 걷기 시작했다. 산비탈이 가파르지는 않았지만 할아버지에게는 꽤 힘들어 보였다. 할아버지는 내 손에 매달리듯이 걸으며, 나이가 들었나 보네, 하더니 "허허허허" 하고 웃었다.

나는 어디로 끌려가지도, 꽁꽁 묶이지도 않고 멋진 산 정상에 다다랐다. 할아버지는 이곳저곳 나를 데리고 다니며 여러 가지 이야기를 들려주었다. 사투리가 심해서 무슨 말을 하는지 반도 못 알아들었지만, 나는 그냥 기분이 좋아서 네, 네, 하고 고개를 끄덕였다.

대충 한 바퀴 둘러보고 나니까 할아버지가 이제 뭘 할 거냐고 물었다.

"3시 기차를 타고 도쿄로 돌아갈 거예요. 이제 집에 가는 일만 남았어요" 하고 대답했다. 그러자 할아버지는 "기헤돈에는 가봤어?" 하고 물었다. 그게 뭐지?

"아뇨, 안 가봤어요."

"거긴 가봐야지. 3시 기차면 좀 서두르면 볼 수 있겠네. 같이 갈까?"

다시 산길을 내려가 버스를 타고 종점에 내려서 시계를 보니, 벌써 2시가 다 되었다. 서둘러야겠네, 하고 할아버지는 택시를 잡았다. 우리는 택시를 타고 그 기헤돈이라는 곳으로 향했다. 기헤돈은 에도 시대의 촌장이던 기헤라는 사람이 살던 집을 개방해놓은 역사박물관이었다.

할아버지는 박물관의 입장료까지 내주었다. 패키지여행으로 온 것 같은 단체 관광객들이 가이드의 설명을 들으며 돌아보고 있었는데, 할아버지가 말해준 덕분에 나도 거기에 끼어서 들을 수 있었다. 할아버지는 설명을 듣는 내 뒤에 앉아 싱글싱글 웃으며 보고 있었다.

다 둘러보고 나서 밖에 나오니 할아버지가 택시를 잡고 기다리고 있었다. 허둥지둥 택시를 타고 곧장 역으로 갔다. 나는 몇 번이나 고맙다는 말을 했다. 등대를 보고 나서 바로 역으로 갈 생각이었는데, 박물관을 볼 수 있었던 것도 좋았다. 그렇지만 무엇보다 날 위해 시간을 내준 할아버지가 너무 고마웠다.

하늘이 보내준 깜짝 인형 상자

그늘과 양지밖에 없는 휑하니 넓은 역에서 나는 할아버지와 헤어졌다. 조심해서 가고, 하고 할아버지가 말했다. 건강하세요, 하고 내가 말했다. 그리고 기차에 올라탔다.

지금 생각해보면 믿을 수 없는 일이다. 그런 믿을 수 없는 다정함을 3년 전의 나는 있는 그대로 순수하게 받아들이려고 하지 않았다. 속으로는 그 이상한 할아버지를 끝까지 의심했다. 모르는 사람이 모르는 사람을 위해 하루라는 시간을 내서 택시를 태우고 안내해준다. 그런 친절함을 공짜로 받아서 괜찮을 리가 없다. 하지만 물론 할아버지는 보답 같은 건 바라지도 않았다. 그 순수한 다정함을 의심한 내가 부끄러웠다.

TV를 켜면 날마다 무서운 뉴스가 쏟아진다. 이런 와중에 어떻게 마음에 금이 가지 않을 수 있을까. 어쩌면 그 할아버지는 "금이 간 마음이 낫지 않는다면 이렇게라도 해야지" 하고 하늘이 내게 보내준 깜짝 인형 상자였는지도 모른다. 그 상자를 열고 깜짝 놀란 나머지, 금이 간 내 마음이 나도 모르게 몇 밀리미터쯤 살짝 붙어버렸다.

그런 깜짝 인형 상자를 순수하게 받지 못할 만큼 내 마음이 망가지지는 않았으면 좋겠다.

밤의 냄새

맛있는 음식을 얻어먹고 나는 먼저 밖으로 나갔다. 밖에 나간 순간, 나는 멈춰 섰다. 밤의 냄새가 분명히 났다. 아아, 그래, 밤에는 냄새가 있었지, 하고 생각했다.

그 냄새를 말로 표현하기란 무척 어렵다. 그 냄새는 한순간, 가슴을 꽉 누른다. 내 가슴에 그리움으로 남아 있는 것들과 즐겁고 아름다운 추억들이, 잘게 조각나서 전부 한 페이지에 붙여진 채 마음속에서 클로즈업된다. 그것들은 너무 작아서 뭐가 뭔지 알 수 없지만, 전체적으로 보면 행복한 기분이다.

밥을 사준 사람이 계산을 끝내는 것도 잊어버린 채 나는 밤의 냄새 속을 혼자 어슬렁어슬렁 걷고 싶었다. 하지만 그때 그 사람이 밖으로 나오는 바람에 나는 밤의 냄새를 가슴 한가득 들이쉬기만 하고 택시에 올라탔다.

밤의 냄새는 언제나 똑같다

나는 밤에 이리저리 걸어 다니는 게 좋다. 봄, 여름, 가을, 겨울의 밤, 그건 그저 온도만 다른 게 아니라 모든 것이 다 다르다. 내가 가장 싫어하는 여름도 딱 하나 좋은 게 있다. 여름밤에는 얼마든지 마음껏 걸어 다닐 수 있다는 것이다.

친구 생일에 친구를 만나러 케이크를 들고 약속 장소에 갔다. 어디 적당한 곳에서 먹을 생각이었지만, 여름밤이 너무나 상쾌해서 우리는 그냥 걸었다. 불빛에 눈이 부신 상가와 고요히 잠든 집들 사이를 걸었다.

나는 케이크를 가져온 게 생각나 친구에게 말했다. 그는 그 자리에서 케이크를 받더니 걸으면서 먹자고 했다. 차들이 쌩쌩 지나가는 밤의 도로변을 걸으며 우리는 생일 케이크를 볼이 터지도록 입에 넣었다. 예의 차려가며 먹지 않아서인지 케이크는 정말 맛있었다. 선선한 바람이 불고, 작지만 별이 반짝이고, 둥근 달이 떠 있는 밤길은 생일을 축하하기에 더할 나위 없었다.

겨울밤에는 마음이 긴장된다. 꼿꼿이 살자는 마음을 괜스레 먹기도 한다. 게다가 밤하늘은 티 없이 깨끗해 별과 달이 또렷이 보인다. 겨울은 여름과 달리, 밤길을 걸으면 점점 무슨 승부라도 겨루는 듯한 기분이 든다.

겨울밤은 언제나, 호주머니에 손을 푹 쑤셔 넣고 코가 빨개진 채 뭔가 어려운 이야기를 잔뜩 하면서 걷고 있는 듯한 기분이 든다. 하지만 그것도 너무 추우면 생각이 뚝 끊기고 웃음밖에 나오지 않는다. 넓은 콘크리트 광장에서 너무 추워 꺄악, 꺄악 소리를 지르며 남자친구와 둘이서 뛰어다닌 기억이 있다. 어디 따뜻한 곳으로 몸을 피하지도 못한 채 우리는 그저 뛰어다니기만 했는데, 그게 정말로 즐거웠다.

밤의 풍경은 언제나 색깔이 다르지만, 밤의 냄새는 언제나 똑같다. 어느 계절이든 문득 밤의 냄새를 느끼면 나는 행복해지면서, 그 마음 깊숙한 곳에서는 슬픔이 콩알만 한 크기로 반짝거린다.

밤의 냄새는 밤에 밖으로 나간다고 항상 느껴지는 게 아니라, 아주 가끔 코를 찌른다. 그건 아마 대부분의 경우는 내가 알아차리지 못해서일 수도 있고, 아니면 밤의 냄새가 아주 가끔씩만 떠다녀서 그런지도 모른다.

초등학교에 들어간 뒤로 나는 밤에 밖을 걸어 다닌 기억이 없다. 초등학교도, 중학교도, 고등학교도 집에서 멀리 떨어져 있었기 때문에 집 주변에 친구가 없었다. 누군가와 함께 밤길을 걸은 기억이 없다. 학교에서 돌아오면 집에서 밤을 보냈다. 그래서 지금 밤의 냄새를 느끼면 왠지 그리운 마음이 들지만, 그 '그리움'이 어디서 오는 건지는 모르겠다. 내 개인적인 그리움이 아니라, 사람들 마음에 공통으로 스며들어 있는 그런 그리움일까.

창문만 연다고 밤의 냄새를 느낄 수는 없다

대학교 1학년 때는 친구들과 자주 밤을 새우며 놀았다. 그러면 왠지 좀 더 어른이 된 것 같았고 기분이 좋았다. 디스코텍에서 밤을 새우거나 크레이지 캣츠의 올나이트 공연을 보거나, 아니면 그냥 무작정 걷거나 어디에 앉아 쉬기도 하면서 아침 해를 맞았다.

딱 한 번, 정말 인상적인 밤이 있었다.

친구와 둘이서 롯폰기에서 좀 떨어진 곳에 있는 디스코텍에 놀러 갔다. 우리는 둘 다 그곳이 처음이어서 누가 알려준 지도와 주소만 가지고 걸어서 갔다. 저녁을 먹은 뒤였으니 아마 꽤 늦은 시간이었던 것 같다.

한참을 걸어서 이쯤이겠다 싶은 곳까지 갔지만 디스코텍 같아 보이는 건물은 어디에도 보이지 않았다. 같은 장소를 빙빙 돌며 어떡해야 할지 몰랐다. 우리는 거기서 놀면서 밤을 새울 작정이었고, 지하철은 이미 끊겨 있었다. 다른 곳으로 갈 수도 있었지만 이렇게 걸어서 여기까지 왔는데 쉽게 포기할 수는 없었다.

결국 걸어온 길을 되돌아 다시 걸어가는데, 문득 어떤 공사 중인 빌딩이 친구의 눈에 들어왔다. 파란색 비닐이 길게 늘어뜨려져 있었고, '공사 중'이라는 팻말이 붙어 있었다. "불편을 끼쳐 죄송합니다"라는 문구와 함께 헬멧을 쓴 남자가 고개를 숙이고 있는 그림이 그려져 있었다.

"호, 혹시…… 여기 아냐?" 더듬거리며 친구가 말했다.

"망한 거야?"

나와 친구는 얼굴을 마주 보다가 파란색 비닐을 들춰보

았다. 빌딩은 거의 다 헐리고 어렴풋이 윤곽만 남아 있었다. 우리는 디스코텍 따위는 깡그리 잊어버린 채 도시의 폐허에 마음을 빼앗겼다.

누가 먼저랄 것도 없이 우리는 깜깜한 폐허 속으로 몰래 들어갔다. 깜깜해서 뭐가 있는지도 보이지 않았지만, 폐허답게 바닥에는 여러 가지 것들이 어지럽게 흩어져 있었다. 오른쪽 끝으로 계단이 보이길래 우리는 천천히 올라갔다. 2층에는 카운터처럼 보이는 곳이 있었고 바닥은 역시 쓰레기와 술병과 깨진 유리로 가득했다. 안쪽 벽은 이미 헐려 있었고, 파란색 비닐이 어렴풋이 빛을 내며 번들거리고 있었다.

우리는 그대로 다시 계단을 타고 3층까지 올라갔다. 3층은 옥상이었는데 밤하늘이 훤히 보였다. 생각해보니 옥상이 아니었는지도 모르겠다. 그저 지붕이 헐렸을 뿐이었는지도 모른다. 어쨌든 사각형 콘크리트 바로 위에 여름 하늘이 펼쳐져 있었다. 거기에도 마치 강도가 들어와 온통 헤집어 놓기라도 한 듯, 온갖 물건들이 발 디딜 틈도 없이 널브러져 있었다. 그것들을 밟으며 우리는 네모난 콘크리트 안을 마음대로 돌아다녔다. 친구가 발밑에 떨어진 컵받침을 주워서 보니 거기에는 우리가 찾아 헤매던 디스코텍의 이름이 쓰여 있었다. 역시 그랬구나. 우리는 왠지 우스꽝스러워 웃음을 터뜨렸다. 쓰레기 더미 속에서 가게 장부 같은 것이 튀어나온 것도 웃겼다. 분명 경제적으로 어려웠던 거야, 하고 우리는 제멋대로 상상하며 즐거워했다.

어느새 우리는 가만히 각자의 생각에 잠겨 서로 아무 말도 없이 멍하니 자신만의 시간 속으로 빠져들었다. 문득 정신을 차리고 보니 하늘이 부옇게 변하고 있었다. 옅은 푸른색이 머리 위에 퍼져 있고, 물에 풀어놓은 듯한 달이 사뿐히 하늘에 박혀 있었다. 옅은 색 하늘 아래 거리의 네온사인은 여전히 반짝였고, 차들이 달리기 시작하면서 도로가 잠에서 깨어난 듯했다.

그 시절에는, 가끔씩 문득 느껴질 뿐이긴 했지만 밤의 냄새가 가득했던 것 같다. 밤의 냄새가 가득한 가운데 우리는 색이 옅어진 하늘을 올려다보았다. 도쿄 한복판에서 이런 기분을 맛볼 수 있다니, 굉장하다는 생각이 들었다. 선선한 바람과 함께 사라져가는 밤을 보며 우리는 밤을 집어삼킨 듯한 기분이 들었다.

그 디스코텍은 망한 게 아니라 시부야로 장소를 옮겼을

뿐이라는 걸 나중에 알고는 왠지 실망스러웠다. 시부야에 새로 생긴 그곳에는 가보지 않았다.

나이를 먹을수록 밤이 길어진다. 밤이 자유로워진다. 밤길을 걸으며 돌아다닐 수 있는 자유는 어릴 때는 없었다. 나이를 먹는다는 건 귀찮기는 해도 그것 하나만큼은 즐거움이다.

창문을 열기만 해서는 밤의 냄새를 느낄 수 없다. 지금 몇 시든 상관없이 신발을 신고 언제든지 밤의 한가운데로 뛰쳐나갈 수 있으면 좋겠다.

될 수 있으면 이런 멋진 밤이 좀 더 안전하면 좋겠다. 여자에게 밤이 위험하다면 너무 아깝지 않은가.

2장

작은 것에
행복이 깃든다

나도 언젠가 사랑하는 누군가를
멋지게 속이고는
천국에서 웃으며 "몰랐지?"
하며 바라보고 싶다.
그 사람이 나를
영원히 잊지 않도록.

쓸데없는 건 아냐

'젊은 혈기 탓'이라는 말을 종종 한다. 어째서 젊을 때는 그렇게 창피한 행동을 당당하게 할 수 있는 걸까. 힘이 남아돌아서 그러는 걸까. 힘은 남아도는데 발산하는 법을 몰라서 엉뚱한 데에 쏟아붓는 걸까.

옛날에 쓴 일기를 읽으며 그런 생각을 했다.

젊은 혈기 탓 중에서도 넘버원을 꼽으라면 단연 연애에 관한 것이다. 그리고 연애에 관한 한, '젊은 혈기 탓'은 아무리 나이를 먹어도 계속 되풀이되는 것 같다.

창피한 행동, 한심한 행동을 저지르기 쉬울 때는 마음이 일방통행일 때다. 상대방이 내 마음을 알아주었으면 하고 짝사랑할 때, 또는 상대방에게 차이기 직전이나 직후다. 서로 마음이 통하는 사이라면, 물론 비참하기는 하겠지만 그래도 이해해줄 상대방이 있으니까 못 견딜 만큼 비참하지는 않다.

나는 원래 연애만큼은 꽤 지기 싫어하는 사람이지만 기본적으로 근사한 인간은 아니라서 종종 실수를 한다. 지기 싫어한다고는 해도, 누군가를 진심으로 좋아하게 되고 가끔은 너무나 좋아하기도 한다.

좋아하는 사람이 다니는 역에서 그냥 하염없이 기다리는 것, 이건 여자들이 젊은 시절 한 번쯤은 해봤을 법한 행동 중에서 가장 일반적인 한심한 행동이다. 나도 고등학생 시절 그런 적이 있지만, 지기 싫어하는 성격인 만큼 그럴듯한 변명을 준비해두었다. 이렇게 주구장창 기다리다가, 혹시라도 그 사람이 운 좋게 여기에 오면, 그리고 운 나쁘게 날 발견하면 이렇게 말하는 거야.

"여기 잠깐 볼일이 있어 왔는데, 빈혈인지 몸이 좀 안 좋은 것 같아서 쉬고 있었어."

하지만 결국엔 만나지도 못하고 하루가 다 지나가버렸다. 참 한심했다.

'한심함 측정기'가 망가진 나

한때 정말 한심한 행동을 되풀이했던 시기가 있었는데 그땐 너무너무 힘들었다. 누군가를 너무 좋아할 때나 너무 괴로울 때면 마음속에 있는 '한심함 측정기'가 퍽 하고 망가진다. 그때는 정말 여러 가지로 힘들었던지, 지기 싫어하는 성격인데도 나 스스로 '한심함 측정기'를 부수고야 말았다. 뭐가 한심한 짓인지 스스로 판단할 능력이 사라졌다. "내가 그러고 싶다는데 무슨 상관이야" 하며 그냥 될 대로 되라는 식이 되었다.

나, 내가 좋아하는 A, A가 좋아하는 B, 이렇게 셋이서 걸었을 때, 나는 내가 참 바보 같다는 생각이 들었다.

나는 B와 놀러 갔다. B는 자기를 좋아하는 A가 그곳으로 따라올 거라는 걸 알고 있었지만, 나한테는 말해주지 않았다. 그래서 결국 셋이서 함께 있었고, 셋이서 함께 돌아왔다. B는 내가 A를 좋아한다는 걸 알고 있었다. 그래서 나는 너무한 거 아냐, 하는 생각이 들었다. 뭐, B로서는 내가 A를 좋아하니까 만나게 해주려는 마음에서 그랬는지도 모르지만. 아무튼 돌아올 때도 나 혼자 먼저 왔어야 했는데, A와 같이 있는 게 바보 같을 정도로 즐거워서 결국 셋이서 함께 돌아왔다. 그때 나는 A가 B를 많이 좋아하는 게 빤히 보여서 더더욱 슬퍼졌다. 바보짓을 한 거다.

며칠 전에 놀러 온 후배와 수다를 떠는데, 어쩌다 이야기가 연애 상담으로 흘러갔다. 그녀는 사귀고 있는 남자의 태도가 분명하지 않아서 자기를 좋아하지 않는 것 같다고 했다.

"이제 그 남자는 나한테 관심 없는 거 같아. 뭘 하자고 해도 싫다고만 하고, 항상 내가 그 사람한테 맞춰주기만 해. 이젠 정말 질렸어."

그 후배는 나보다 어렸다. 넌 아직 젊으니까 그냥 젊은 혈기대로 해, 하고 생각했다. 나에 대한 감정이 식어가고 있는 사람에게 들러붙는 것만큼 한심한 건 없다. 나이가 아주 어리다거나, 또는 그 사람을 너무너무 좋아하는 게 아니라면, 그렇게는 못 한다.

"정말 밑바닥까지 그 사람한테 맞추고 또 맞춰봐. 그 사람이 거절한다고 해도 기죽지 말고, 말하고 또 말하는 거야. 그렇게 하면 분명해져."

내가 말했다. 그러자 그녀는 나보다 어리면서도, "자존심 상해서 그렇겐 못 해" 하고 나 같은 소리를 했다.

"모자란 소리 하네."

나는 나 자신은 돌아보지도 않고 그렇게 말했다.

누군가를 너무너무 좋아하면 '한심함 측정기'가 퍽 하고 망가지면서 자존심이 한 꺼풀 땅에 떨어질 때가 반드시 있다. 그럴 때 땅에 떨어진 자존심 따위는 나 몰라라 하고 그에게 달려가는 것, 아무리 지기 싫어하는 사람이라도 이런 건 한 번쯤은 해봐도 좋다고 생각한다. 술에 취해 울고불고 한들 날 떠나간 마음이 돌아오지는 않겠지만, 그래도 '한심함 측정기'를 스스로 부숴버릴 필요는 있다. 그러지 않으면 내가 그 사람을 정말로 좋아하는 건지, 아니면 그저 겉멋만 부리고 있는 건지 알 수 없으니까.

아직도 못 해본 일이 많이 남아 있잖아

《세인트 엘모의 열정(St. Elmo's Fire)》이라는 영화가 있다. 너무 좋아하는 영화라서 몇 번이나 봤다. 이 영화에 진짜 한심한 남자가 나오는데, 아마 이름이 '카보'였을 것이다.

그는 연상의 여자를 좋아한다. 그녀가 틀림없이 자기를 좋아해줄 거라는 묘한 자신감이 있어서 자신의 감정대로 행동하는 사람이다.

어느 날 그는 무작정 그녀의 회사에 찾아가지만 그녀가 휴가를 얻어 별장에 갔다는 말을 듣는다. 자기에게 말도 없이 가버린 것에 화가 난 카보는 별장 주소를 물어 차로 달려간다. 하지만 별장에는 그녀만 있는 게 아니다. 그녀의 애인도 함께 있는 것이다. 그걸 보고는 또 화가 나서 (여기서 화를 내면 어리다는 거다) 바로 돌아가려고 한다. 그런데 폭설 속에서 엔진이 고장 나는 바람에 차가 움직이지 않는다. 게다가 엎친 데 덮친 격으로 감기까지 걸린다. 결국 연상의 그녀와 그녀의 애인에게 신세를 지고 만다.

이 장면은 스크린 밖에서 보고 있는데도 참 한심하다는 생각이 들었다. 멋있고 어른스러운 그녀의 애인이 고장 난 차를 고쳐주고 감기 든 그를 챙겨주기까지 하니, 서글픈 만큼이나 한심하다. 다음날 카보는 돌아가면서 그녀에게 말한다.

"나 정말 한심하네."

그러자 상냥하고 어른스러운 그녀는 정말로 상냥하게 미소 지으며 이렇게 말한다.

"이런 것도 쓸데없는 건 아냐."

내가 이 영화를 보았을 때는 무척 어렸고 또 매사에 한심하기만 했다. 스스로 부숴버린 '한심함 측정기'를 끌어안고 있는 내가 죽을 만큼 싫었다. 자존심 따위는 저 멀리 우주로 날려버렸는데도, 배배 꼬인 성격 탓에 그런 내가 한심해서 견딜 수가 없었다. 바로 그때 이 대사를 듣고 나는 정말로 온몸이 구름 위에 떠 있는 것처럼 가벼워졌다.

쓸데없는 건 없어. 한심한 짓도, 지기 싫어하는 마음도, 그러다 또 지고 마는 것도, 어디로 튈지 모르는 생각도, 전부 쓸데없는 건 아니야.

A랑 B와 함께 걸었던 비참한 시간, 멍하니 슬픔 속에 온몸을 묻어버린 공백의 시간, 만신창이가 되도록 술에 취한 밤, 일기장의 페이지들. 전부 한심하다는 생각밖에 들지 않았던 그것들을 마치 부처님이 손을 내밀어 토닥토닥 어루만져주는 듯한 기분이 들었다.

어떤 의미에서 쓸데없는 게 아니란 말일까. 내가 답을 할 수는 없지만, 쓸데없는 게 아니라는 건 그저 위로의 말이 아니라 정말로 그렇다고 생각한다. 그 한심한 날들이 쌓이고 쌓여 지금의 내가 있다. 지금의 나는 대단한 사람은 아니지만, 확실히 그때의 나보다는 조금은 위쪽 계단에 서 있다. 단지 나이를 말하는 게 아니다.

이런 글을 쓰고 있으니 내가 나이깨나 먹은 사람 같다는 생각이 든다. 하지만 나도 아직은 젊으니까 한심한 짓을 좀 더 하고 싶다. 그래. 아직 못 해본 게 많이 남아 있으니까.

좋아하는 사람 곁으로 택시를 타고 달려가는 것!

나는 이렇게 누군가를 좋아한다

나는 좋아하는 사람이 너무 많다. 항상 주변에 널려 있다. 사귀는 사람이든 아니든 그런 건 아무 상관이 없다. 그냥 좋아하는 거다.

좋아하는 사람이 있으면 하루하루가 즐겁다. 워낙 많아서 한두 사람쯤은 금세 잊어버리기도 하고, 갑자기 싫어지는 경우도 있다.

그렇다고 해서 좋아하는 사람들에게 못된 마음을 먹고 무슨 꿍꿍이수작이라도 부리려는 건 아니니까 딱히 문제될 건 없다. 너무너무 좋아하는 건 한 사람으로 충분하다.

내 경우에 누군가를 좋아한다는 건, 많은 사람 중에서 어느 특정한 누군가에게 '잠깐 실례할게요' 하고 빨간색 동그라미를 치는 것이다. 빨간 동그라미가 있으면 정말로 하루하루가 즐거워진다.

아침에 눈을 뜬 순간부터 즐겁다. 조금 기분 나쁜 일이 있어도 대체로 즐거운 하루를 보낸다. 그날 하루 그 사람을 못 만나도 즐겁다. 길을 걸어도 즐겁고, 책을 읽어도, 밥을 먹어도, 혼자 방에서 멍하니 있어도 즐겁다. 언젠가 어떤 친구가 《베를린 천사의 시》를 보고 집에 오는 길에 스쳐가는 모든 사람의 어깨를 끌어안고 싶어졌다고 말한 적이 있는데, 좋아하는 사람이 있을 때의 내가 딱 그런 마음이다.

나는 또 대단한 것을 발견했다. 보고 싶다, 보고 싶다, 생각하면 정말로 보게 된다는 것이다. 그렇게 마음속으로 되뇌다가 실제로 만난 적이 내게는 스무 번쯤 있다. 그건 우연이 아니라고, 마음과 우주는 시공을 초월하여 전부 이어져 있다고, 누군가가 어떤 어려운 책에 썼다. 나에게 일어난 그 기묘한 스무 번의 만남을 나는 그 책으로 열심히 공부했다. 사람을 좋아하면 공부까지 하게 된다.

하루가 끝나고 잠자리에 들 때 "네 덕분에 하루가 즐거웠어. 고마워" 하면서 포근한 기분으로 잠들 수 있다.

이런 대수롭지 않은 만남에 의미 같은 게 있을까?

대학생 시절 나는 그다지 열심히 공부하지는 않았지만, 강의를 들으러 가면 좋아하는 사람들을 만날 수 있으니까 학교에 갔다. 4월에 수강 신청을 하고 5월이 되면 강의실 여기저기에 좋아하는 사람들이 생겼다. 과목 하나에 좋아하는 사람 한 명, 이렇게 말하면 허풍이겠지만 그래도 대충 그 정도 좋아하는 사람이 있었던 덕분에 그럭저럭 학점을 딸 수 있었다. 또 그 과목들은 하나같이 재미있어서 나는 나와 내가 좋아하는 사람의 탁월한 수강 신청 센스에 감탄하기도 했다.

나는 내가 좋아하는 사람들 덕분에 날마다 새로운 활력을 얻었을 뿐만 아니라 무사히 졸업까지 할 수 있었다. 참 고마운 일이다.

사람과 사람이 만나고 헤어진다는 것, 그건 그 과정 한복판에 있는 본인에게는 어마어마한 사건으로 여겨지겠지만, 사실 그리 대단할 것도 없는 일이구나, 언젠가 나는 12층에 있는 어느 카페에서 그런 생각이 들었다.

"내 시간 돌려줘!"

"난 도대체 뭘 위해서 산 거야?"

헤어지는 순간에도 상대방에게 이런 악담을 퍼붓는 사람은 도쿄타워 꼭대기에 올라가 아래를 내려다보는 게 좋을 것이다. 바글바글 걸어가는 저 수많은 사람들이 서로 만나고 헤어지며, 고민과 슬픔을 짊어진 채 걷고 있구나, 하고 생각하면 왠지 속이 울렁거린다. 나 같은 건 참 보잘것없는 존재구나, 이런 생각이 안 들 수가 없다.

그렇다면 대체 이런 대수롭지 않은 만남에 의미 같은 게 있을까, 하는 생각이 문득 들었다.

하지만 그렇다고 "내 시간은 도대체 뭐였던 거야?" 하고 말해버리면, 그 대수롭지 않은 것에 '마이너스' 의미가 붙게 된다. 너무나 좋아했기에, 그 마음이 갑자기 갈기갈기 찢어지면 화가 나겠지만, 그렇다고 해서 상대방을 미워하고 함께한 시간을 아까워하는 건 안타까운 일이다.

사실 나라고 해서 시도 때도 없이 누군가가 금방금방 좋아져서 아아, 행복해 행복해, 하며 붕붕 떠 있기만 하는 멍청이는 아니기 때문에 그런 마음 아픈 경험을 한 적이 있다. 그때는 너무나 슬펐고 화가 났다. 상대방을 미워하는 게 가장 손쉬운 방법이라는 생각도 들었지만, 그게 아니었다. 그렇게 한다는 건, 내가 보낸 시간들을 병에 담아 뚜껑을 덮고 시궁창에 던져버리는 것 같다는 생각이 들었다.

이게 바로, 내가 멋들어지게 항상 좋아하는 사람이 있는 건 아니어서 깨달은 사실이다. 내가 '잠깐 실례할게요' 하면서 빨간 동그라미를 치고 즐거운 시간을 보내듯, 내 시간은 그 사람 덕분에 즐거운 것이 되었구나. 그 사람을 좋아한 덕분에 나는 즐거웠고, 또 함께 시간을 나눌 수 있었던 거구나.

그렇다면 미워할 이유도, 잊어야 할 이유도 없지 않은가. 떠난 사람은 바보 멍청이지만, 함께 보낸 즐거운 시간만큼은 그저 고마울 뿐이다. 고마워해야 할 바보 멍청이에게 침을 뱉을 수는 없다. 결과야 어찌 됐든, 한순간이라도 나를 행복하게 해준 힘은 역시 대단하다.

"내 시간 돌려줘!" 하고 말하는 사람도 (어떤 시간을 보냈든) 상대방이 "네 시간을 나한테 맞춰. 안 그럼 죽여버릴 거야" 하고 협박이라도 해서 시간을 내준 건 아닐 것이다. 자기 스스로 함께 있고 싶어서 함께 있었을 테다.

플러스든 마이너스든, 무겁든 가볍든

TV 드라마를 보는데, 아르바이트하는 가게의 점장을 좋아해 잠자리까지 하게 됐지만 결국에는 차여버린 여자 이야기가 나왔다. 그런데 불행히도 임신까지 하게 되는 바람에 꽤 비참한 상황이 되고 말았다. 그녀의 부모는 울고불고 난리를 피우며 딸의 경솔함을 나무랐지만, 그 여자는 분명히 말했다.

"내가 그러고 싶어서 그랬어. 어쩌다 임신까지 하게 됐지만, 후회는 안 해."

나는 그녀의 말이 맞다고 생각했다. 누군가를 좋아한다고 바로 잠자리를 하라는 말이 아니다. 자기 스스로 선택하고, 자신이 무엇을 '플러스'라고 판단하는지를 아는 것은 대단하다고 생각한다.

그건 차였을 때뿐만 아니라 찼을 때도 마찬가지다. 누군가를 사귀면서 도저히 더는 만날 수 없겠다는 생각이 들 때도 있고, 좋아한다고 생각했는데 사실은 그 사람을 좋아하지 않았구나 하고 깨달을 때도 있다. 그럴 때 우리는 어쩔 수 없이 안녕, 하고 말할 수밖에 없겠지만, 상대방이 볼 때는 어처구니없고 제멋대로인 변명일 뿐이다. 그때, 상대방이 질척대며 나를 끝까지 원망한다면 정말 불쾌한 기분이 들지 않을까.

"그래, 어쩌겠어. 나 원래 제멋대로잖아."

이렇게 아무렇지도 않게 말할 수 있는 사람이 있다면 부럽다. 실제로 그런 사람도 있겠지만.

물론 나는 그렇게 말하지는 않을 것이고 아무래도 미안한 마음이 들 것이다. 하지만 상대방이 다짜고짜 "내 시간 돌려줘!"라고 하면, "무슨 말도 안 되는 소리야, 나한테 그런 식으로 화풀이해봤자 소용없어" 하며 받아들이지 못할 것이다.

그런 상황에서 "그래, 알았어. 어쩔 수 없지, 뭐. 그래도 즐거웠어"라는 말을 듣는다면, '아아, 이 사람이랑 만나서 참 좋았어'라는 생각이 들지 않을까.

모든 만남에는 의미가 있다고 누군가가 말했다. 그 말을 들었을 때, 정말 그래, 하고 마음이 크게 울렸다. 기껏해야 별것 아닌 만남과 헤어짐이 아닌가. 그렇다면 어떤 의미든

붙일 수 있는 거다. 플러스든 마이너스든, 무겁든 가볍든.

그저 스쳐 지나가듯 떠나간 사람도 분명 나에게 뭔가를 남겨주었다. 하늘을 나는 듯한 기분, 함께 나눈 아주 짧았던 대화, 그리고 그때 느낀 그 사람이라는 그 자체. 물론 좋은 것뿐만이 아니라 싫은 것을 준 사람도 있다. 싫은 것이든 좋은 것이든 어쨌든 나는 뭔가를 얻었다.

우리에게는 마음이란 것이 있기 때문에 대수롭지 않은 만남이라면 쉽게 지워버릴 수 있다. 지운다면, 미움을 준 사람만으로 충분하다. 미움도 주었지만 즐거움도 준 사람, 그런 사람과의 만남은 함부로 지우고 싶지 않다.

한때 조금이라도 좋아했던 사람이라면 더더욱 그렇다.

어떤 일이 있어도 자신의 마음만큼은 자기 자신을 위해서 대단히 이기적으로 자유롭다. 그렇지 않다면 정말로 살아갈 수가 없다. 우리는 이 편리한 걸 분명히 하나는 가지고 있기에 이걸 이용하지 않을 수 없다.

나 자신의 마음을 최대한 이용해서 내가 할 수 있는 만큼 즐겁게 살고 싶다.

십오야의 밤

친구들끼리 모였다. 산타클로스 이야기를 몇 살 때까지 믿었느냐는 귀여운 이야깃거리가 나왔다. 나는 정확히는 기억나지 않지만, 조숙한 언니가 있어서 꽤 일찍부터 그런 건 없다는 걸 알았던 것 같다. 그건 매우 슬픈 일이다.

"어머머, 난 고등학생이 될 때까지 산타클로스가 있다고 믿었는데. 그걸 알았을 땐 정말 충격이었다니까."

이렇게 말하는 여자는 왠지 귀여울 것 같다. (꼭 그런 건 아닌가? 사실 좀 정떨어진다.) 물론 내 친구 중에 그런 타입은 없었다.

산타클로스가 없다는 건 알고 있었지만, 사실 얼마 전까지만 해도 쭉 믿고 있던 것이 있다. 길을 걸을 때나 저녁밥을 준비하고 있을 때, 또는 산타클로스 이야기가 나올 때면 문득 생각이 난다.

그건 정말 신비로운 체험이었다.

달토끼와 나만의 비밀

부모님이 사는 곳은 요코하마인데, 주변이 온통 산과 논으로 둘러싸여 있는 꽤 외진 곳이다. 요코하마라고 하면 참 멋진 곳으로 생각할 테지만 사실은 외딴 시골이다. 그곳에는 시골답게 고풍스러운 옛 풍습이 이것저것 남아 있는데, '십오야'라는 것도 그중 하나다.

내가 어릴 때는 십오야 밤이면 꼭 툇마루 문을 활짝 열어놓은 채, 찐빵을 담은 쟁반을 툇마루 위에 놓고 그 옆에는 단단한 참억새를 장식해놓았다. 마당 한가운데에서 하늘을 바라보면 둥그런 달이 두둥실 떠 있었다. 툇마루에 앉아서 달을 쳐다보던 기억이 난다.

달에는 어렴풋이 무늬가 그려져 있었다. 정말로 저기 토끼가 있어, 있다면 두 마리야, 심심하지 않게 하느님이 잘 만드셨네, 이런 생각을 했다. 내가 그곳에 얌전히 앉아 있었다고 해서, 십오야 밤에 떠오른 둥근 달에게 경외의 마음을 바칠 만큼 기특한 아이였다는 말은 아니다. 툇마루에는 신불에게 바치는 쟁반이 놓여 있는데, 그 위에 가지런히 쌓여 있는 찐빵이 목적이었던 것이다. 새하얗고 반질반질 윤이 나는 그 찐빵은 완전히 동그란 모양은 아니었는데, 오히려 그런 모습에 더 침이 고였다. 그중에는 피가 얇아서 팥소가 희미하게 비치는 것이 있었는데, 그게 너무 먹음직스럽게 보여 어린 나는 침을 꼴깍 삼키며 달을 바라보곤 했다.

하얀 찐빵은 십오야 다음 날에야 먹을 수 있었다. 피라미드 모양으로 차곡차곡 쌓여 있기 때문에 한 개라도 몰래 먹었다가는 금방 들키고 만다. 눈앞에 찐빵이 몇 개나 있는데도 입속에 쏙 넣지도 못하고 툇마루에 걸터앉아 다리만 달랑거리고 있었다.

그래도 가을바람은 선선했고, 금색 종이를 동그랗게 오려낸 것 같은 달이 밤하늘에 높이 매달려 있었다. 그런 곳이라면 찐빵을 못 먹고 꾹 참고 있는 것도 그리 나쁘지는 않았다.

크리스마스에는 산타클로스의 전설이 있듯이, 십오야에는 십오야의 전설이 있다. 툇마루에 놓인 둥근 달 모양의 찐빵을 달에 사는 토끼가 와서 훔쳐먹고 간다는 이야기다. 그 녀석은 온 동네를 집집마다 돌아다니며, 쌓아놓은 찐빵 중에서 맨 위의 것 하나를 먹고 간다고 한다. 산타클로스와는 정반대다. 산타클로스 이야기가 거짓이라는 걸 알고부터는 그런 전설 같은 것에는 이상하게 흥미가 사라져 별로 진지하게 받아들이지 않았다. 아아, 그런 얘긴 관심 없어, 그보다는 빨리 찐빵이 먹고 싶단 말야. 이렇게 생각한 나는 비교적 현실적인 아이였다.

그런데, 그것이 나타난 것이다. 전설의 달토끼가.

어린 나는 십오야 밤에 툇마루에 나가는 걸 무척 좋아해서 틈만 나면 그 주변을 어슬렁거렸다. 밥을 먹고 나면 툇마루에 나갔고, TV를 보다가 광고가 나오면 또 툇마루에 나갔다. 그렇다고 해서 그저 찐빵만 바라보며 침을 삼키고 있었던 건 아니다. 툇마루에 장식해놓은 참억새와 신불에게 바치는 쟁반은 평소에는 자주 볼 수 없는 정경이었기에 그 자체만으로도 신비로운 느낌이 들었다. 나는 현실적이고 당돌하기는 했지만 그런 종류의 정서는 느낄 수 있는 아이였다.

어느 십오야 밤, 여느 때처럼 툇마루에 나갔는데 어찌 된 건지 맨 위에 놓인 찐빵 하나가 보이지 않았다. 그걸 목격한 사람은 어린 나 혼자뿐이었다. 온몸이 얼어붙고 그 자리에 주저앉아버릴 뻔했다. 왔어! 하고 생각했다. 시골의 밤은 깜깜하다. 마당에 서 있는 몇 그루의 나무들은 어둠 속에 잠겨 있고, 찐빵을 훔쳐간 범인은 알아볼 수가 없다. 사각, 사각, 마당의 잡초가 웅성거리더니 또다시 주변은 고요히 가라앉았다. 하늘에는 찐빵처럼 둥그런 달이 떠올라 이쪽을 내려다보고 있을 뿐이다. 등줄기가 싸늘해지면서 나만의 비밀이 생겼다는 생각에 나는 한참을 두근두근하며 그곳에서 있다가 문득 정신이 번쩍 들어 엄마 품속으로 쏜살같이 달려갔다.

"엄마! 찐빵이, 맨 위에 있는 찐빵이 없어졌어! 누가 가져갔나 봐!"

그러자 엄마는 아무렇지도 않다는 듯이 "어머, 세상에. 왔나 보네" 하고 말했다.

십오야의 밤, 달토끼가 우리 집에 찐빵을 훔치러 왔다. 그것은 내 가슴속에서 뭔가가 폭발할 것만 같은 대사건이었다. 고깃집에도 왔을까? 세탁소에도 왔을까? 무짱네 집에도 왔을까? 하지만 그 현장을 목격한 건 분명 나 혼자뿐일 거야. 나는 집에서는 온갖 호들갑을 떨었지만, 그날 밤의 대사건을 누구에게도 말하지 않았다. 마음속 깊이 몰래 숨겨두었다.

그 사람이 나를 영원히 잊지 않도록

집 주변에 포장도로가 닦이고 반딧불이 보이지 않게 되면서 점점 십오야의 행사도 뜸해지기 시작했고, 나도 나이를 먹으면서 찐빵을 훔치러 온 달토끼 같은 건 까맣게 잊어버렸다. 잊고 있어서 오히려 다행이었다. 그날 본 것을 고등학생이 되어서도 기억하고 있다가 친구에게 "너 그거 아니? 달토끼가 있다는 거" 하고 잘난 척하며 말했다가는 내숭쟁이 아니면 미치광이 취급을 받았을 것이다. 그러고 보면 나도, 역시 그건 꿈이었다고, 내가 뭘 잘못 본 거라고 생각하며 이상한 사람으로 보이지 않으려고 기억을 덧칠했고, 그러다가 결국 그날 밤의 비밀은 흔적도 없이 사라져버렸다.

그런데 무슨 마음의 작용이었을까. 대학에 들어간 뒤 나는 가끔 그날 십오야의 밤에 일어난 일을 생각했다. 그것은 신비로운 체험이었지만, 그래도 함부로 남에게 말하지 않는 지혜 덕분에 나는 마음속으로 비밀을 지킬 수 있었다.

대학교 4학년 때였을까. 나는 용기를 내서 엄마에게 물어보기로 했다. 신기한 체험에는 뒷이야기가 있는 법이고, 나도 다 컸으니까 이젠 알아도 괜찮잖아, 아니면 정말로 달토끼가 왔는지도 모르지, 어쨌든 거긴 시골이니까. 그런 소소한 갈등을 속으로 되풀이한 뒤에야 나는 별것 아닌 척 넌지시 말을 꺼냈다.

"엄마, 그거 기억나? 옛날에 십오야 밤에, 쟁반 맨 위에 있던 찐빵 하나가 없어진 거. 진짜 신기하지 않아?"

그 말을 듣자 엄마는 잠깐 벙찐 표정으로 나를 쳐다보더니 큰 소리로 웃기 시작했다.

"아니, 너 설마 지금까지 그거 믿고 있었어?"

이번에는 내가 어안이 벙벙해졌다. 뭐가 뭔지 알 수가 없었다.

"그거 히데코 이모잖아. 이모가 그런 거야."

아아, 한 방 먹었구나. 나는 그만 맥이 탁 풀려버렸다. 그게 이모였다니…… 여태껏 지켜온 내 비밀이 멀리멀리 날아가고 말았다. 이모는 벌써 10년도 전에, 내가 중학교에 들어간 해에 저세상으로 떠났다. 나를 끝까지 속인 채 천국으로 떠난 것이다. 이 나이가 돼서야 그 사실을 알고 멍하게 있는 나를 하늘에서 내려다보며 이모는, 너 그거 지금까지 믿고 있었어? 하고 배꼽을 쥐며 웃고 있을 것이다.

평생 결혼하지 않았고 물론 아이도 없었던 이모는 조카인 나를 정말 예뻐했다. 미인에다가 똑똑했고, 언제나 '체리'라는 이름의 담배를 멋지게 피웠다. 그런 이모가 날 속이려고 달토끼가 된 것이다.

수건으로 얼굴을 가리고 마당에 숨어서 절묘한 타이밍이 다가올 때까지 몇 분을 기다린다. 내가 불쑥 나타나는 순간, 찐빵 하나를 집어 들고 필사적으로 기어서 도망친다. 생각해보면 그런 우스꽝스러운 행동을 할 사람은 그 발랄한 이모밖에는 없다.

그 모습을 상상하며 웃다가, 지금까지 그걸 믿고 있던 내가 웃겨서 또 웃다가, 용기를 내어 신기하다는 표정으로 그 이야기를 꺼낸 내가 또 웃겨서 웃다 보니, 나중에는 눈물까지 흘리며 웃고 있었다.

만약 천국에서 히데코 이모를 만난다면 나는 먼저 십오야의 밤에 있었던 일에 고맙다는 말을 하고 싶다. 달토끼가 나타난 그날 밤은 내게 너무나 멋진 밤이었으니까.

그리고 하나 바라는 게 있다면, 나도 언젠가 사랑하는 누군가를 멋지게 속이고는 천국에서 웃으며 "몰랐지?" 하며 바라보고 싶다. 그 사람이 나를 영원히 잊지 않도록.

감추니까 안 되는 거야

“어떤 나라에서는 사람들이 발가벗고 산대. 남자도 여자도 다 알몸으로 말야.”

어느 날, 친구가 갑자기 이런 말을 꺼냈다. 아아, 참 평화로운 나라겠네, 하는 생각이 들었다. 그런데 그 나라에 심각한 문제가 생겼다. 아기가 태어나지 않는 것이다. 아기가 태어나지 않으면 종족 보존의 위기에 처하게 된다. 누군지는 모르지만 어떤 위대한 사람이 이대로는 안 되겠다는 생각에 팬티를 고안해냈다. 남자도 여자도 팬티를 입게 된 것이다. 그러자 갑자기 아기가 쑥쑥 태어나기 시작했다고 한다.

"그러니까 가리면 하고 싶어진단 말이지."

그 이야기를 꺼낸 친구는 이렇게 마무리지었다.

"그러니까 예를 들면, 사람들이 다 입을 가리면 입이 너무너무 야하게 보인다는 게 아닐까? 온갖 입을 다 모아서 특별판으로 책을 만들면 불티나게 팔릴지도 몰라."

오호, 하고 나는 감탄했다. 어릴 때부터 유별나게 조신함을 강조하는 엄격한 가정에서는 다들 발가벗고 생활하면 되겠네.

소중한 것은 이 세상 밖 어딘가에 있다

그러고 보니 작년에 《우드스톡》이라는 다큐멘터리 영화를 빌려 본 생각이 난다. 아무것도 없는 들판에서 사흘을 보내는 관객들은 다들 그곳 분위기에 휩쓸려 술과 마약에 취해 정신이 해롱해롱한다. 풀밭 위에서 갑자기 섹스를 시작하고, 남자도 여자도 완전히 알몸으로 강에서 목욕을 한다. 하여튼 벌거벗은 채로 꽤 적나라하게 뭔가를 하는 장면들이 많았다. 남들이 벌거벗고 있거나 말거나 신경 쓰는 사람은 아무도 없다. 자판기에서 음료수를 사듯이 아무렇지도 않게 옷을 벗고 물놀이를 시작한다. 남자도 여자도 다 같이 벌거벗고 좋아서 깔깔대며 웃는다.

당연히 비디오 화면에는 몸의 일부가 가려져 있다. 그런 장면이 나오면 갑자기 어디선가 핑크색의 흐릿한 동그라미가 불쑥 튀어나와 몸의 한 부분을 가려준다.

"여기, 여기가 야한 부분이야. 그래서 여기를 이렇게 가리는 거야. 야하니까 말이야."

핑크색 동그라미는 일일이 그렇게 주장하고 있다. 동그라미가 자꾸 가리는 바람에 그게 튀어나오기만 하면 에잇, 또 나왔네, 하면서 거기에 눈길이 간다. 정작 영화 속에서는 아무도 거기에 눈길도 주지 않는데 말이다.

그건 그렇고, 미국에 간 친구가 선물로 《우드스톡》 비디오를 사주었다. 물론 똑같은 내용이지만 핑크색 동그라미가 나오지 않는다. 처음에는 아무래도 눈에 익숙하지 않은 장면이라, 어머! 어머! 하고 눈을 똥그랗게 뜨고 보았지만 금방 익숙해졌다. 완전히 발가벗고 아무렇지도 않다는 듯 즐겁게 노는 사람들을 보고 있으니까 왠지 모르게 은근한 행복이 느껴졌다.

소중한 건 이 세상 밖 어딘가에 있어, 저기 모인 사람들은 음악만 들으러 온 게 아니라 그 소중한 무언가를 찾고 있는 거야, 이런 쓸데없는 생각까지 하면서 나는 더더욱 감동했다. 소중한 건, 몸의 일부를 드러내느냐 감추느냐 하는 그런 사소한 게 아니다. 그래도 역시 핑크색 동그라미는 몸의 일부와 함께 뭔가를 감추고 있는 것처럼 느껴졌다.

말하기만 하면 아무 문제도 일어나지 않는다

나는 남들한테 나 자신에 관해 이러쿵저러쿵 이야기하는 걸 싫어한다. 대학생 때 누군가를 사귀었는데, 귀찮기도 하고 굳이 말하고 싶지도 않아서 그냥 몰래 만났다. 몰래몰래 만난다고는 했지만, 둘 사이의 분위기나 그런 눈에 보이지 않는 것들 때문에 아무래도 들킨 모양이었다. 친구들 모두 하나같이 내 속마음을 떠보았다. 다들 필사적으로 뭔가 알아내야겠다는 표정으로 어떻게 된 거냐고 놀리면서 캐물었다. 그때는 나에 관한 소문 따위가 뭐가 재밌다는 거지, 내가 누굴 사귀든 하나도 궁금할 게 없잖아, 하고 생각했다. 하지만 그건 내가 숨겼기 때문에 그랬던 것이다. 날 좀 내버려두길 바랐다면 오히려 동네방네 떠벌리고 다녀야 했다.

"나 그 사람이랑 사귀어. 그 사람이 세상에서 제일 좋아. 그 사람도 마찬가지고. 우린 서로가 없으면 살 수 없어."

설령 거짓말이라도 그런 식으로 말하고 다니면 아무도 듣고 싶어 하지 않을 것이다. 일개 서민의 평범한 연애 이야기 따위 누가 듣고 싶어 할까. 자꾸 감추기 때문에, 뭔가 대단한 거라도 있는 거 아냐, 하고 생각하는 거다.

나는 지금도 나 자신에 관해 이래저래 말하는 걸 좋아하지는 않지만 그래도 적극적으로 말하려고 애쓴다. 감추고 있는 것(사실 감추려는 생각도 없지만)을 알아내려고 하는 사람의 열의는 정말로 어마어마하다. 비밀스러운 거라고는 눈곱만큼도 없는 평범한 내 연애사를 놓고 그런 필사적인 표정을 하고 있는 걸 보고 싶지 않다. 그래서 나는 말하려고 노력한다. 말하기만 하면 아무 문제도 일어나지 않으니까.

나는 항상 좋아하는 사람이 있다. 누군가를 좋아하게 되면, 그러니까 누군가와 이야기하다가 그 사람의 좋은 점을 발견하게 되면 그때부터 나는 기분이 좋아진다. 그때만큼은 가만히 입을 다물고 있을 수가 없다. 저절로 입이 열린다.

그 사람 정말 괜찮아, 나 그 사람 완전 좋아. 물론 그 당사자에게는 그런 말을 못 하지만, 주변 친구들한테는 질릴 때까지 말하며 돌아다닌다. 내가 사귀는 사람한테도 말한다. 나, 그 사람 진짜 좋아, 가슴이 콩닥콩닥 뛰어. 그렇다고 질투심을 불러일으킨다거나 그럴 마음은 전혀 없다. 나와 가장 많은 이야기를 나누고 나를 가장 잘 아는 사람에게, 내 마음의 작은 동요를 말하지 않고는 배길 수가 없는 거다.

"그 사람은 이렇고 이래서 참 좋아. 정말 좋아. 내일도 같이 놀아야지. 괜찮지? 부럽지?"

그런 바보 같은 이야기를 하면 내 남자친구는 그러려니 하며 그냥 듣고 있다. 내가 다른 사람에 대해 이렇게 말하고 다니는 것 때문에 남자친구나 친구들과 문제가 생긴 적은 없다. 내가 숨기려고 들었다면, 괜한 오해로 남자친구는 화를 내고 친구들은 욕을 퍼부었을지도 모른다.

그러니까 바람을 피우고 싶으면 오히려 애인에게도 친구들에게도 감추지 않으면 된다! 물론 나야 이렇게 말하고 싶지만, 세상에는 이상한 사람도 많아서 여자친구가 동성 친구를 만나는 것조차 싫어하는 남자도 있다니까, 그렇게 쉽게 말할 수는 없을 것 같다.

감추지 않으면 모든 게 쉬워진다고 생각하는 나는 요즘 비밀이 부쩍 줄었다. 하지만 감추면, 귀찮은 일이 생기기는 해도 그만큼 즐겁다.

몰래 만나는 사람과 손잡고 걷다가 아는 사람이 지나가면 허둥지둥 숨으면서, 큰일 날 뻔했어, 하고 킥킥거리며 웃는 그런 즐거운 비밀이 서른 살이 되기 전에 한 번쯤 더 생겼으면 좋겠다.

도쿄,
가난뱅이의 파라다이스

그때 나는 돈이 없었다. 토요일 밤이었고, 제대로 먹은 것도 없어 배가 고팠다. 뭘 하면 좋을지 몰라 그저 멍하니 있었다.

그러고 있는데 전화벨이 울렸다. 남자친구였다. 나는 입을 떼자마자 배고파 하고 말했다. 뭘 먹고 싶은데 돈이 한 푼도 없다고 했다. 그러자 그도 똑같은 말을 했다. 늘 그랬기 때문에 둘 다 놀라지 않았다. 그는 근처에 와 있다고 했다. 나한테 오면 기적적으로 뭐라도 먹을 수 있을지 모른다는 달콤한 환상을 품었던 것 같다. 전화기를 꽉 쥔 채 우리는 멍하니 있었다.

"요구르트 먹고 싶어……."

내 입에서 불쑥 한마디가 튀어나왔다. 놀라지 마시라, 요구르트 하나 살 돈조차 그때는 없었던 것이다.

멍하니 있다고 해서 달리 뾰족한 수도 없어 전화를 끊었다. 그대로 멍하니 있는데 딩동, 인터폰이 울렸다. 문을 열어보니 그가 서 있었다. 손에는 패밀리마트의 비닐봉지가 들려 있고, 그 안에는 요구르트 하나가 들어 있었다. 그는 100엔밖에 없었지만 자신의 전 재산을 털어 요구르트를 사온 것이다.

울먹울먹하는 나에게 손을 흔들고 그는 그대로 어디론가 가버렸다. 아마 친구 집에라도 갔을 테다.

전쟁 중의 이야기를 하는 게 아니다. 풍요로운 현대 일본의 도쿄 어느 한구석에서 벌어진 일이다. 《우동 한 그릇》이라는 책에 나오는 가난한 세 모자 이야기에 너도나도 눈물을 흘리고 있을 때, 요구르트 한 개 이야기가 실제로 벌어지고 있다니, 상상조차 못 할 것이다.

돈이 없을 때 돈이 없다고 당당하게 말하는 즐거움

내가 다니던 중고등학교는 부유한 학교였다. 말하자면 "돈이 없어"라고 말하는 건 창피한 일이었다. 무슨 일이 생기면 3만 엔이 넘는 돈을 금방 친구들에게 빌릴 수는 있었지만, 그걸 갚지 못한다는 건 비참한 일이었다. 그때 우리는 돈을 갚는 건 당연하다고 믿었다. 그래서 아무리 용돈이 떨어져도 "돈이 없어" 하고 말하는 데에는 용기가 필요했다.

그런데 지금 내 주변에는 가난한 친구들이 넘쳐난다. 돈이 없을 때 돈이 없다고 당당하게 말할 수 있는 즐거움을 나는 처음으로 맛보았다. 우리 주변에는 가난이 항상 존재했고, 50엔, 100엔, 그런 꼬마들 심부름 값 같은 금액이 서로 왔다 갔다 했다.

"어, 밥 먹을 돈이 없네. 300엔만 빌려줘."

"그래, 1000엔 빌려줄게."

"아냐, 아냐, 300엔이면 충분해."

이런 식이다.

'돈이 없는' 상황을 서로 잘 알고 있는 가난한 친구들이 고맙다. 우리가 "돈이 없어" 하고 말할 때, 그건 케이크 살 돈이 없다는 말도 아니고, 디즈니랜드에 놀러 갈 돈이 없다는 말도 아니다. 밥 사 먹을 돈이 없고, 지하철 탈 돈이 없다는 말이다. 가난뱅이라는 걸 서로 잘 알고 있기 때문에 500엔이라도 더 많이 가진 친구가 빌려준다. 참으로 아름다운 '꼬마들의 심부름 값 교환'인 셈이다.

하지만 우리에게 가난은 괴로움이 아니었다.

"가난은 최고의 놀이야"라고 선언한 친구가 있었다. 무슨 말도 안 되는 소리야, 하고 벌컥 화를 내는 어른들도 있을 법한 말이다. 하지만 놀이라고 생각하게 된 데는 이유가 있다.

그렇게 말할 수 있는 건 집 밖으로 나갈 때까지는 진짜 가난이 뭔지 모르기 때문이다.

예를 들어 지금 500엔밖에 없다고 하자. 그 돈으로 살 수 있는 것, 즉 먹을 것이나 마실 것, 잡지 같은 여러 가지 물건들이 떠오른다. 그중에서 정말로 내게 필요한 것을 골라낸다. 지하철 요금 100엔, 담배 한 갑 220엔. 신문 70엔. 세상에! 이래도 10엔이 남다니! 만약 여기서 담배를 250엔짜리 럭키스트라이크로 사기라도 하면 큰일난다. 집에 못 가는 상황이 벌어지는 것이다. 돈이 부족하다는 것은 굉장한 위기다. 우리는 이런 작은 위기로 모험을 즐길 수 있는 것이다.

가난을 한탄하든, 놀이랍시고 즐기든, 어차피 돈이 없다는 사실은 바뀌지 않는다. 그렇다면 즐기는 편이 아무래도 이득이다.

그런데 이렇게 풍요로운 일본에서 왜 가난한 걸까.

그건 취직을 하지 않기 때문이다.

왜 취직을 하지 않을까.

그 이유는 사람마다 제각각이다. 무언가를 목표로 하는 사람도 있고, 아무것도 목표로 하지 않는 사람도 있다. 어쨌든 저마다 스스로 받아들일 수 있는 삶의 방식을 자연스럽게 따르고 있는 것이다.

어찌 된 일인지 나는 '프리터족을 경멸하는 부류'를 자주 만난다. 그들이 왜 그렇게 의기양양한 태도로 내게 다가와, 프리터족을 싫어한다고 말하는지 나는 잘 모르겠다. 일을 하고 싶다고 결심해 회사에 들어간 사람과, 자기가 원하는 대로 살겠다고 결심해 자신의 방식대로 살아가는 사람, 그 둘은 결국 똑같은 게 아닐까. 나는 하고 싶은 일을 하는 사람도, 하고 싶은 일을 찾지 못한 채 그냥 일하는 사람도 다 대단하다고 생각한다. 하지만 그들이 서로에게 설교하기 시작하면 이상한 기분이 든다.

고등학교 시절, 에세이 안에 실린 어떤 시를 읽고 감상문을 쓴 적이 있다. 그 시의 첫 구절은 이렇게 시작한다.

우리에게도 머지않아 마지막 순간이 와서
이 삶과 헤어지게 된다면
아무쪼록 고맙다고 말하며 헤어지자

이 시를 쓴 가난한 시인은 죽기 직전에 몸을 반쯤 일으켜 고맙다는 말 한마디를 남기고 숨을 거두었다고 한다. 나는 이 시를 읽고 너무 감동한 나머지 격한 마음으로 감상문을 썼다.

"어차피 사는 거라면 나도 내가 좋아하는 일을 하면서 살다가 마지막에 내 인생에 고맙다고 말하고 싶다. 그것이 아무리 힘들고 괴로웠다고 해도."

뭐, 대충 그런 내용이었던 것 같다. 그러고 보면 나는 그 어린 시절에 벌써 가난뱅이 선언을 했던 걸까. 어쨌든 이 감상문은 선생님에게 칭찬을 받았고, 선생님은 수업 도중에 읽어주기까지 했다. 수업이 끝난 뒤에 한 친구가 다가오더니 무슨 영문인지 "라면 한 그릇 사줄 테니까 힘내" 하고 알 수 없는 말을 하며 격려해주었다.

자신의 인생에 '고마워' 하며 고개 숙일 수 있는 것

엄마가 입원해 있을 때 옆 침대에 있던 환자가 가난했던 시절 이야기를 해주었다. 남편과 헤어지고 나서 아이를 안고 죽을 먹었지, 한창 자랄 때였지만 아이도 잘 참고 먹었어, 그런 이야기를 하며 내내 울었다.

아하, 쌀이 없을 땐 죽을 만들면 되겠네, 하고 감탄하면서 그 이야기에 귀를 기울였다. 유익한 이야기였다. 가난했던 날들을 떠올리며 눈물짓는 아주머니를 보며 나는 어서 가서 친구한테 알려줘야지 하고 마음이 들떴다. 그러면서 그 친구가 한 말을 떠올렸다.

"일을 안 해서 냉장고를 열어봐도 간장이랑 된장밖에 없는 거야. 이 시대에 먹을 게 양념밖에 없다니 말이 돼? 우하하하."

우리는 큰 소리로 웃었다.

자신의 인생에 '고마워' 하며 고개 숙일 수 있는 것. 이건 지금도 내 숙제다. 요즘 프리터들이 많아졌다고들 하지만, 그건 자신의 인생에 고맙다고 말하고 싶은 사람이 많아졌다는 게 아닐까. 그냥 일하고 싶지 않아서 빈둥거리는 사람, 자신의 삶을 헛되이 보내려는 사람은 없다. 적어도 내 주변에는 그런 친구는 없다.

추기: 얼마 전, 신주쿠 도겐보에서 정신없이 먹고 마시다 보니 가진 돈이 모자랐다. 그런데 주인아저씨가 술값을 깎아준 것도 모자라 집에 가는 차비까지 빌려주었다. 너무 고마웠다. 이런 일은 처음이었다. 나는 친구와 깔깔거리며 신주쿠 거리를 걸어 다녔다.

이 얼마나 즐거운가, 도쿄 가난뱅이의 밤이.

점 보는 건 너무 재밌어

점을 안 믿는 사람은 말한다.

별자리든 혈액형이든, 세상에 나 말고도 똑같은 사람이 수도 없이 많은데, 그런 사람들과 내가 한데 뭉뚱그려진다니 말도 안 되는 소리 아닌가.

물론 당연한 말이다. '이번 주는 큰 행운이 찾아온다.' 물고기자리 운세에 이렇게 나와 있으면, 그건 오직 나에게만 해당되는 게 아니라 다른 수많은 물고기자리에게도 큰 행운이 온다는 말이다. 그리고 실제로 큰 행운이 찾아오는 물고기자리도 있겠지만, 하필이면 그 주에 슬픈 일만 줄줄이 생기는 물고기자리도 있을 테다.

그런 건 굳이 말하지 않아도 안다.

작가인 친구가 어느 잡지에서 운세 페이지를 담당했다. 그녀 앞으로 매주 각 별자리의 데이터가 날아온다고 한다. 하지만 데이터에는 '물고기자리: 전체운 80퍼센트, 연애운 62퍼센트, 사업운 35퍼센트', 이런 식으로 역술가가 뽑은 퍼센티지밖에 나와 있지 않다. 그 숫자를 바탕으로 그녀는 운세란에 글을 쓴다.

"뭘 하더라도 일이 손에 잡히지 않습니다. 좀 더 마음을 차분히 가지세요."

"밀어붙이려면 바로 지금입니다. 자신감을 가지는 게 중요해요."

이런 식으로 글을 쓰는 모양이다. 나중에 정신을 차리고 보면, 자기 별자리에는 좋은 말만 가득 써 놓고, 또 좋아하는 남자의 별자리에는 "당신을 마음에 두고 있는 사람이 당신 가까이에 있습니다. 데이트 요청이 들어오면 바로 승낙하세요" 하고 쓸 때도 있다고 한다.

누가 무슨 말을 하든, 나는 점을 믿는다. 잡지를 사면 맨 마지막에 있는 운세 페이지를 꼼꼼히 읽는다. 운이 좋다는 날짜가 쓰여 있으면 두근두근하며 그날을 기다린다. 그렇다고 해서 정말로 곧이곧대로 믿는다는 말은 아니다. 운이 나쁜 날에는 방 안에 틀어박혀 있거나, 운세 아이템란에 '흰색, 바닷가'라고 나와 있다고 머리끝에서 발끝까지 흰옷을 차려입고 바닷가를 어슬렁거리거나 할 만큼 광적으로 믿는 건 아니다.

'이번 주는 뭘 해도 안 됩니다.' 운세 페이지에 이렇게 나왔는데 어쩌다 좋은 일이 생기면, 왠지 내가 운세를 이긴 것 같은 기분이 든다. 거 봐, 내가 더 세잖아, 하고 의기양양해진다. '이번 주는 뭘 해도 잘 됩니다.' 이랬는데 정말로 좋은 일이 생기면 "우와, 이 잡지 점은 잘 맞는다더니 진짜 그러네" 하고 그 잡지를 신주 모시듯 한다. 하지만 나쁜 일만 연거푸 이어지면 "뭐야, 순 거짓말이잖아!" 하고 괜히 애먼 잡지에다 화풀이를 한다.

그러니까 믿는다고 해도 그냥 그런 정도의 믿음일 뿐, 내 맘대로 그때그때 믿는 거다. 하지만 알록달록 칠해진 화려한 운세 페이지를 펼칠 때면 가슴이 두근두근한다. 맞든 안 맞든 그런 건 상관없다. 그저 약간의 앞날을 읽을 수 있다는 것만으로도 살짝 마음이 놓인다.

그뿐 아니라 점을 보면 심적으로 꽤 힘이 된다.

예를 들어, 어느 한 해에 연달아 몇 번이나 실연을 해 그 영향으로 10킬로그램이나 살이 찌고, 일도 제대로 못 해서 계속 실수만 하고, 인간관계도 삐걱거린다고 하자. 그럴 땐 이 세상에 이렇게 불행한 사람은 나뿐이라는 생각이 든다. 급기야 죽고 싶다는 생각까지 들고 그러다 정말로 죽으려고 마음을 먹고 있는데, 그때 마침 운세 페이지가 눈에 들어오는 것이다.

"올 한해는 천중살이 끼었습니다. 무슨 일이 들어와도 그만두십시오."

그렇게 한 줄 쓰여 있으면, "어, 그래서 그런가?" 하고 희한하게 마음이 놓이면서, 죽고 싶다는 마음 같은 건 눈 녹듯이 사라지지 않을까. 게다가 운이 나쁜 해 다음에는 반드시 그보다는 나은 한 해가 펼쳐지기 마련이니까 "그럼 내년까지 기다려봐야지" 하게 되는 것이다.

또 행운이 나뿐만 아니라 수만 명의 사람들에게도 찾아온다고 생각하면 약간 억울한 마음이 들다가도, 수만 명의 사람에게도 천중살이 끼었다고 생각하면 묘하게 안심이 된다. 왠지 마음이 편안해진다.

내 친구는 나쁜 일이 연달아 일어나면 "괜찮아, 괜찮아. 천중살이 끼었다잖아. 불행 따위 한꺼번에 다 와도 돼. 안 좋은 일이 있으면 지금 실컷 당하고 액땜하면 되지" 하고 오히려 한술 더 뜬다. 믿음직스러운 친구다.

점은 그저 마음의 도구일 뿐

몇십 년 전의 이야기다.

내 할머니는 전쟁으로 남편을 잃고는 자식 넷을 부둥켜 안은 채 넋이 빠져 있었다. 계속 중매가 들어왔지만, 자식 넷을 전부 데리고 오라는 마음 좋은 사람은 좀처럼 나타나지 않았다. 아무리 좋은 사람도 "딸 셋은 양녀로 보내고 아들 하나만 데려오시오"라는 조건을 붙였다. 할머니는 고민하고 또 고민했지만 끝내 스스로 결정을 내리지 못했다. 그럼 누가 결정해주었을까. 바로 돌아가신 할아버지였다.

할머니는 네 아이를 데리고 오사카에서 유명한 무당을 찾아갔다. 다섯 명은 어두컴컴한 방에 들어갔다. 앞에는 머리를 길게 풀어헤친 소복 차림의 여자가 꼿꼿이 앉아 있었다. 꼼짝 않고 앉아 있는 아이들 앞에서 그 여자는 쉬지 않고 긴 주문을 중얼거리더니 갑자기 "억" 하고 소리를 질렀다. 신령이 내린 것이다. 그러자 그녀의 목소리가 확 바뀌더니 묵직한 목소리로 이야기를 시작했다. 그 목소리를 듣자마자 할머니는 꺼억꺼억 소리 높여 울기 시작했다고 한다.

이건 엄마에게 들은 이야기인데, 나는 그 무당이 무슨 말을 했는지 너무 궁금했다. 자세히 좀 떠올려봐, 하고 엄마를 다그쳤다.

"잘 생각은 안 나는데, 몸조심해라, 애들 넷 잘 부탁한다, 잘 키워주게, 뭐 그런 말이었어."

뻥쟁이, 나는 그렇게 말했다.

아이 넷을 데리고 왔으니까 "애들 넷 잘 부탁한다"는 건 누구나 할 수 있는 말이다. 몸조심하라느니, 아이들을 잘 키우라느니, 그런 뻔한 말도 마찬가지다. 할아버지의 신령이 내렸다니! 말도 안 되는 소리다. 뻔한 거짓말이다.

하지만 할머니는 울었다. 남편의 혼을 만날 수 있다고 믿은 할머니에게 그건 분명 남편의 목소리였고 남편의 부탁이었다. 할머니는 그 말대로 모든 중매를 다 거절하고 자식 넷을 키웠다. 그중 한 명인 엄마가 자라서 결혼을 했고, 그 엄마에게서 내가 태어났다.

이 이야기를 떠올릴 때마다 나는 점이란 건 정말 무서운 거구나 하고 생각한다. 아니, 점이 무서운 게 아니라 그걸 받아들이는 인간의 마음이 무서운 거다.

인간은 제멋대로인 생물이라서 점을 믿는 척하면서도 속으로는 자기의 마음을 다잡고 '자신이 진짜 하고 싶은 것'에 충실히 따른다. 점을 믿는다는 건 은근슬쩍 자신의 진짜 속마음을 따라가는 게 아닐까. 할머니가 뺑쟁이 무당을 믿고 소중한 자식들을 버리지 않았던 것처럼 말이다.

나에게 점이란 그런 것이다. 무슨 말이 쓰여 있든, 내 멋대로 모양을 바꿔서 마음속에 쏙 집어넣어둔다. 너무 기대돼, 완전 실망이야, 이제 지긋지긋해, 이렇게 몇 번이고 되뇌면서 내가 원하는 대로 생각해도 되지 않을까. 하고 싶은 걸 하고, 좋아하는 사람을 좋아해도 되지 않을까. 점이란 건 그랬으면 좋겠다. 점에 휘둘린다는 건 시시하다. 점은 그저 마음의 도구일 뿐이니까.

오늘은 좋아하는 사람에게 전화하면 대성공! ♡

이런 글이 쓰여 있으면 그것만으로도 온종일 날아갈 듯 한 기분이 들지 않을까.

용기 내어 만원 전철을 타기 위한 몇 가지 고찰

요즘 지하철을 탈 때마다 운이 안 좋은지 항상 미어터진다. 내가 대학을 졸업하고 취직하지 않은 이유 중에 '출퇴근 지옥철'이 들어갈 정도로, 출퇴근 시간에 지하철을 타는 게 나는 눈물 나도록 싫다.

붐비는 지하철을 타면 왠지 나 자신이 가냘픈 인간 같아서 기분이 이상해진다. 온몸으로 무지막지 밀어붙이는 아주머니의 무시무시한 얼굴을 보면 '어머! 어떡해. 무서워!' 같은, 평소에는 절대로 사용하지 않는 말투가 튀어나올 것만 같다. 그런데 지하철을 내릴 때면 가냘픈 나는 언제 그랬냐는 듯이 배낭을 휘두르며 힘차게 내린다. 그러면 무척 드세 보이는 아주머니가 "아이구, 뭐야. 젊은 사람이 굉장하네" 하고 내 귀에도 들릴 만한 목소리로 말한다.

어제도 나는 옴짝달싹하기도 힘든 지하철을 탔는데, 마침 내 옆에 커플 한 쌍이 있었다.

"나 도쿄역에서 내려."

"싫어, 싫어, 못 내리게 할 거야."

"무슨 말이야. 내릴 거야."

"뿌잉." (그 남자는 정말로 "뿌잉" 하고 입을 쭉 내밀면서 발음했다!)

"뭐야 그게. 웃기게."

"뿌잉 뿌잉."

이 대화를 나누고 있는 커플은, '아아, 우리도 저런 때가 있었지' 하며 옛 추억을 떠올리게 하는 젊은이들이 아니다. 남자는 양복을 쫙 빼입고 흰머리가 듬성듬성한, 통통한 중년의 아저씨였고, 여자는 화장을 진하게 한 중년의 아줌마였다. 남이야 뭘 하든 내가 상관할 바는 아니지만 그래도 왠지 속이 메슥거리고, 봐서는 안 되는 걸 본 것만 같은 기분이 들어 빨리 내리고 싶어졌다.

사건은 도쿄역에 도착했을 때 일어났다. 도쿄역에는 엄청나게 많은 사람이 내린다. 10시에 시작하는 드라마《들쑥날쑥 사과들》을 봐야 하는 나는 시계가 벌써 10시 10분 전을 가리키는 걸 보고 죽을힘을 다해 비집고 나가려고 했다. 그런데 내릴 수가 없었다. 조금 전의 그 흰머리가 듬성듬성한 중년 아저씨가 통통한 몸으로 앞을 막아선 채 중년 아주머니를 못 내리게 하고 있는 게 아닌가.

"거 봐, 거 봐. 자긴 내리면 안 된다니까."

이렇게 속삭이는 아저씨에게 아주머니는 마치 일부러 그러는 것처럼 (물론 이건 내가 그때 워낙 마음이 조급해서 그렇게 보였겠지만) 이렇게 말했다.

"아잉, 싫어. 내릴 거야. 이히힛."

앞에서 떡 하니 버티고 있는 아저씨의 몸통 뒤로 나를 비롯한 몇 명의 사람들이 발을 못 떼고 서 있었다. 온몸의 피가 거꾸로 솟구치는 것을 느낀 나는 필요 이상으로 그 커플을 밀치고, 남은 힘으로는 아주머니를 들이받으며 겨우겨우 지하철에서 내렸다. 나에게 들이받히고 나서야 정신을 차렸는지 아주머니가 "어머, 어머, 다들 내리잖아. 무슨 민폐야 이게" 하고 아저씨를 나무라는 소리가 들렸다.

차가운 공기가 가득한 플랫폼에 내려서면

집에 와서 TV를 보니 짜증이 좀 가라앉았다. 중년이 돼서도 앞뒤 못 가리고 러브신을 연출하던 아까 그 커플을 떠올리며 나는 그건 또 그렇게 행복이구나 하는 생각을 했다.

꽤 오래전의 일인데, 역시나 붐비는 지하철 안에서 어떤 젊은 엄마가 아이를 안고 내 옆에 서 있었다. 아이는 새빨개진 얼굴에 코맹맹이 소리를 내며 울고 있었는데 갑자기 우웩, 우웩 하기 시작했다. 나는 으윽, 큰일인데 하며 재빨리 자리를 옮기려고 했지만 워낙 사람들이 꽉꽉 들어차 있어서 움직이기가 쉽지 않았다. 엄마는 한 손으로 잽싸게 비닐봉지를 꺼내 아이의 입에 갖다 댔는데, 그걸 보고 나는 마음이 살짝 놓여 하는 수 없이 그 자리에 있었다. 그런데 그때 갑자기 아이가 칭얼대다가 봉지에서 얼굴을 떼더니 엣취! 하고 재채기를 터뜨린 것이다. 토사물이 온 사방으로 튀었다. 물론 나뿐만 아니라 주변에 있던 사람들의 옷에까지 말이다. 으아아악! 하며 속으로 부들부들하고 있는데 아이 엄마가 이렇게 말했다.

“괜찮아, 괜찮아. 다음 역에서 내릴 거야. 조금만 참아, 응? 조금만 참으면 금방 나을 거야.”

그러면서 온 힘을 다해 아이를 달래더니, 토사물을 뒤집어쓴 우리를 본체만체하고 다음 역에서 허둥지둥 내렸다. 지금 생각해도 화가 난다.

또 언젠가 꽉꽉 들어찬 지하철 안에서 이런 일도 있었다.

“저 말이에요, 가수가 꿈이거든요. 아저씨, 제 노래 좀 들어 볼래요?”

어지간히 시끄러운 목소리가 들리길래 뭔가 싶어 뒤돌아보니, 사람들 틈새로 온몸을 배배 꼬며 춤을 추고 노래를 부르는 여자가 있었다.

붐비는 열차 안에는 수많은 사람이 있고 그래서 당연히 온갖 종류의 사람들을 만날 가능성이 크다. 짜증이 나고 화가 치솟다가도, 차가운 공기가 가득한 플랫폼에 내려서면 방금 그게 뭐였지? 할 때가 종종 있다.

지하철 안은 작은 극장 같다

한번은 지하철 안에서 옆자리에 앉은 아주머니가 내게

물었다.

“저기, 시나가와까지 어떻게 가나요?”

“이거 타고 신주쿠역에 내리셔서 야마노테선(線)으로 갈아타세요. 마침 저도 신주쿠에서 내리니까 거기까지 같이 가요.”

그렇게 말하자 아주머니는 기쁜 듯이 웃으며 천천히 이야기를 시작했다.

“도쿄는 거의 올 일이 없어서 전혀 모르겠어요. 좀 전에 저쪽으로 가는 열차를 탔는데 암만 가도 시나가와가 안 나오는 거야. 왠지 반대쪽으로 가는 것 같아서 역무원한테 물어보고 갈아탔어요.”

주름이 가득했지만 단아한 느낌의 얼굴을 한 아담한 체구의 아주머니였다.

만약 그날이 비가 추적추적 내리고 사람들로 미어터지는 날이었다면, 나는 ‘에잇, 귀찮은 아줌마네’ 하고 속으로 짜증을 내며, 밀어붙이는 사람들의 팔과 등을 못마땅하게 여겼을 것이다. 하지만 그날은 활짝 갠 아름다운 가을날이었고, 유리창으로 비쳐든 햇살이 의자에도 바닥에도 똑똑 떨어질 만큼 열차 안은 텅 비어 있었다. 나는 단아하고 고운 얼굴을 바라보며 아주머니의 이야기 속도에 맞춰 천천히 고개를 끄덕였다.

"아들이 시나가와역에서 기다리고 있어요. 역까지 마중 나오기로 약속했거든. 아들네 집에 가는 거예요. 시나가와까지 가면 거기서부턴 아들이랑 같이 갈 테니까."

아주머니는 미소를 지으며 그렇게 말하고는 맞은편 창을 바라보았다. 이야기가 끝났나 싶어 나도 맞은편 창밖으로 끝없이 이어지는 지붕들을 바라보았다. 조금 있으니 아주머니가 또 말을 시작했다.

"도쿄엔 잘 안 와요. 그래도 시나가와역에서 기다리고 있으니까."

나에게 말한다기보다는 반쯤 혼잣말처럼 앞을 바라보며 중얼거렸다. 시나가와역에서 아들이 기다리고 있어요, 거기까지만 가면 아들을 만날 수 있으니까 마음이 놓여요. 아주머니는 신주쿠역에 내려서 열차를 갈아탈 때까지 계속 그 말을 되풀이했다.

한 사람의 인생에 아무리 많은 괴로움과 슬픔이 심술궂게 박혀 있다 해도, 나이가 들어 어느 시기가 오면 '열심히 살아온 상'을 받는 것처럼, 우리 마음속에는 가장 행복한 것, 가장 행복한 순간만이 포장되어 있는 게 아닐까 하는 생각이 들었다.

나는 헤어지면서 "저기 저 열차를 타셔야 해요" 하고 알려주었는데도, 아주머니는 걱정이 되었는지 또 다른 사람에게 시나가와로 가는 차가 맞는지 물었다.

사람들 틈 속으로 사라져가는 그 자그마한 뒷모습을 뒤돌아보면서, 아주머니를 열차에 태운 역무원, 나, 방금 길을 물은 저 사람, 그리고 또 다른 여러 사람들이 아들 이야기를 들으며 아주머니를 아들 곁으로 데려다줄 거라는 생각을 하니 기분이 좋았다. 어머니 걱정에 마음을 졸이면서 시나가와역에서 시계와 개찰구를 번갈아 쳐다보며 서 있을 아들의 모습이 눈에 보이는 듯했다.

내가 가장 좋아하는 열차는 부모님 집에 갈 때 타는 덴엔토시선이다. 늘 깨끗하고 낮시간에는 항상 비어 있다. 꾸벅꾸벅 졸다가 눈을 뜨면 열차는 어느덧 지상으로 나와 환한 햇빛을 받고 있고, 푸른 하늘과 안개 낀 다마가와 강이 눈에 들어온다. 그걸 확인하고 또 꾸벅대다가 눈을 떠보면, 열차 문이 열리면서 하얗게 빛나는 플랫폼을 보여주고는 다시 고요해진다. 꿈인가, 하는데 문이 조용히 닫히고, 빛을 방울방울 주워 올린 열차는 다시 달리기 시작한다.

지하철 안은 작은 극장 같다. 짜증이 나고, 마음이 가라앉고, 감동을 하고, 화를 낸다. 사람들 틈에서 춤추며 노래하는 여자를 나는 믿을 수 없다는 눈으로 바라본다. 하지만 지하철 안에서 초콜릿을 우적우적 씹고 있는 나를 또 누군가가 바라보고 있을지도 모른다. 또 그렇게 나를 바라보는 그 누군가를 또 다른 누군가가 바라보고 있을지도 모른다.

좀처럼 밖에 나가지 않는 나는 이것이 가장 좋은 사회 공부일 수도 있겠다는 생각에 요즘은 미어터지는 지하철을 참고 견디는 중이다.

작은 것에 행복이 깃든다

작은 것에 신이 깃들어 있다고 배웠다. 길가에 피는 들꽃에도, 스쳐 지나가는 아이에게도, 내 앞에 서 있는 노인에게도 신이 깃들어 있다고 한다. 나는 이 말이 좋다.

짝사랑을 하고 있는 친구가 툭 하면 전화를 걸어와 이러쿵저러쿵 보고를 한다. "방금 통화했는데 기분이 안 좋은 거 같았어", "오늘 그 사람이 싫다는 생각이 문득 들었는데, 그래도 역시 좋아하는 거 같아", "나 지금 달팽이처럼 느릿느릿 걷고 있어" 이런 이야기들이다. 지겹다는 생각이 들 때도 있지만, 짝사랑을 시작했을 때부터 쭉 이 친구의 이야기를 듣고 있어서 그런지 묘하게 감정이입이 된다. "전화했는데 바로 끊었어"라는 말을 들으면 나도 힘이 빠지고, "오늘은 전화 연결이 됐어" 하면 나도 덩달아 기분이 좋아진다.

한번은 이 친구가 숨을 헐떡이며 전화를 했다. 뭐야, 드디어 고백한 건가? 하고 생각하며 무슨 일인지 들어 보았다. 우연히 어디서 마주쳤는데 그 남자가 생글생글 웃으며 머리를 톡톡 세 번 쓰다듬었다는, 요약하면 그게 전부인 이야기였다. 하지만 친구는 흥분한 목소리로 1분 간격으로 실황중계를 들려주었다. 좋아한다는 말도 없고, 아무것도 없다. 그날의 이야기는 머리 세 번 쓰다듬기로 끝이 났지만, 친구는 이 일로 당분간은 안 좋은 일이 있어도 살아갈 수 있다며 정말로 기뻐했다. 나도 기뻤다. 전화를 끊고 나서 행복이란 이런 거구나 하고 생각했다.

서로 마음이 통하는 것도 행복이지만, 이런 작은 한 걸음도 그에 못지않은 행복이다. 설령 좋아하는 사람이 자기에게 애정이 없다고 해도.

혹시 그 두 사람이 잘된다고 해도 (정말로 잘됐으면 좋겠다) 이런 작은 일로도 세상이 완전히 달라질 만큼 행복했다는 걸 잊지 않았으면 좋겠다.

작은 행복을 찾아서 건져 올리기

“영국에 있을 때 YMCA에 묵었는데 어마어마하게 산골짜기에 있는 거야. 아침 9시에 일어나서 10시에 나가는데 5시까지는 돌아가면 안 돼. 마을까지 내려가는 길이 꽤 멀었는데 혼자서 산속을 걸었어. 진짜 아무도 없어. 사방을 암만 둘러봐도 시야 안에 한 사람도 없는 그런 상황, 믿어져?

아무 소리도 안 들리니까 점점 미칠 것 같은 기분이 들었어. 경치는 끝내주게 멋진데도 그런 건 눈에 하나도 안 들어와. 혀가 굳어지고 손발에 쥐가 나는데 목소리가 나오기는 할까 하고 혼자서 아, 아, 하고 소리까지 내 봤다니까. 누구랑 한마디도 말을 안 하는 날이 며칠씩 계속되니까 이래선 안 되겠단 생각이 드는 거야. 근데 그때, 그 사람이랑 얘기하고 싶다, 문득 그런 생각이 들었어. 얘기하고 싶은 상대가 남자친구가 아니라 그 사람이었단 말야. 근데 남자친구가 아니라 그 사람한테 전화한다는 게 정말 이상하잖아. 그래서, 먼저 남자친구한테 전화를 하자, 그리고 안 받으면 그

때는 그 사람한테 걸자, 그렇게 마음먹은 거야. 근데 그렇게 마음을 먹고 나서 깨달았어. 응? 내가 방금 무슨 생각을 한 거지? 무슨 마음을 먹겠다는 거지? 그게 더 이상하잖아? 그래도 어쨌든 남자친구한테 먼저 걸었어. 전화를 하니까 받더라고. 그래서 결국 정말로 얘기하고 싶었던 그 사람한테는 전화를 못 했어. 그런데 그때 모든 걸 알게 됐어. 내가 정말로 좋아하는 사람이 누구인지를. 그래서 남자친구랑 헤어지겠다고 생각한 거야. 지금 그 사람이 어떻게 지내는지도 몰라. 어쩌면 사귀는 사람이 있을지도 모르지. 남자친구랑 헤어지면 난 혼자가 되겠지만 그래도 상관없다고 생각했어. 함께 이야기하고 싶은 건 그 사람이었으니까."

그녀는 귀국하고 나서 정말로 남자친구와 헤어졌고, 그의 친구들에게 꽤나 비난을 들었던 모양이다. 그녀는 영국의 산골짜기에서 그 사람을 사랑하고 있다는 걸 깨달은 게 아니다. 그 사람과 서로 껴안고 싶다고 생각한 게 아니다. 그저 함께 이야기를 나누고 싶다고 생각했을 뿐이다. 그건 별 대수롭지 않은 자그마한 것이다. 그냥 모른 척하고 넘어갈 수도 있다. 하지만 그녀는 아무도 없는 혼자였을 때 그 사람과 이야기하고 싶다고 생각했다. 마음속의 움직이지도 않는 자그마한 점을 꽉 움켜쥔 그녀가 멋지다는 생각이 든다.

그 사람과 이야기하고 싶다는, 그런 자그마한 것을 무시할 수 없었던 그녀는 큰 사건을 일으켰다. 남자친구에게 상처를 주고 결국 자신도 혼자가 되었다. 언제나 곁에 누군가가 있다는, '안심'이라고 하는 커다란 배를 뒤집어엎고 초라한 고무 튜브에 몸을 맡긴 그녀는 과연 행복할까. 예전에 그 사람과 나눴던 이야기들이 커다란 배를 뒤집어엎을 만큼 그녀를 행복에 젖게 했을 것이다. 그런 작은 행복을 찾아서 건져 올렸다는 것만으로도 넌 대단해, 하고 나는 말하고 싶다. 앞으로 훨씬 더 큰 행복을 찾을 수 있을 거야.

작은 것에 행복이 깃들어 있다

기독교를 공부하고 있을 때였는데, 감사하라, 감사하라는 말을 너무 많이 듣는 바람에 나는 그 말이 오히려 싫어졌다. 슬픈 일이 있어도 시련에 감사하라, 별로 좋지 않은 물건을 받아도 이걸로 충분하다고 감사하라, 사랑하는 사람에게도 미워하는 사람에게도 똑같이 감사하라. 나는 그렇게 너그러운 마음씨의 소유자가 아니었다. 기쁜 일이 아니면 감사할 수가 없었다. 그러면 대개의 경우는 감사할 수가 없는 거다. 또 마찬가지로 나는 내가 좋아하는 사람이 나를 좋아해주지 않으면 때때로 안달을 부린다. 친구 관계에서도 그러니 좋아하는 감정이 있는 사람이라면 말할 것도 없다. 나를 제일 좋아해주면 좋겠다고 뻔뻔스럽게 생각한다. 그러나 안달을 부리면 작은 행복을 붙잡을 수 없다. 그 사람이 몇 시간 동안 이야기를 들려주어도, 쓰윽 곁에 와주어도, 살짝 어깨를 두드려주어도, 이게 뭐야, 하고 생각한다. 이게 뭐야, 날 좋아해달란 말이야, 제일 좋아해달란 말이야. 이게 행복이고, 다른 건 그냥 쓰레기야. 하지만 그래서는 좀처럼 행복해질 수가 없다.

가만히 생각해보면, 나를 제일 좋아해주지 않는다고 해도 작은 행복 같은 건 얼마든지 넘쳐난다. 좋아하는 사람이 불쑥 내 옆에 다가선다. 분명 별 의미 없는 행동일 테지만 그것만으로도 나는 기분이 좋아진다. 대화를 주고받는다. 마음을 가라앉히고 생각해보니 이런 게 너무 좋다. 설령 이 사람이 나를 좋아해주지 않는다고 해도, 비록 1년 뒤에는 이 사람이 내 주위에 없다고 해도, 지금 이 순간만큼은 말로 표현할 수 없을 만큼 행복하다고 느낄 수 있다. 그리고 내가 그것을 행복이라고 느낄 수 있기에 안심이 된다. 그런 거라면 앞으로 살아가면서 얼마든지 생기지 않을까. 물론 나를 제일 좋아해준다면 정말로 큰 행복일 것이다. 하지만 오로지 그것만 기대하면서 반짝반짝 빛나는 것들을 흘려보낸다면 너무 안타까운 일이다. 스스로를 불행하게 만드는 것이다. 마음의 그물코를 촘촘하게 엮어서 반짝반짝 빛나는 것들을 건져 올려야 한다. 나는 그렇게 생각한다.

작은 것에 행복이 깃들어 있다. 내 소중한 격언이다.

3장
불완전한 낙원

네가 보낸 그 즐거운 나날들이
지나가버린다고 해도,
또 다른 모습의 즐거움,
그때그때 나이에서만 받아들일 수 있는
즐거움이 얼마든지 기다리고 있어.
그러니까 실컷 웃고 나서
괜히 슬퍼할 필요는 없어.

일상생활 속 데이트의 중요성에 관하여

나는 데이트를 좋아한다. 그 어떤 것과도 바꾸기 싫을 만큼 좋아한다. 불타는 연애감정 따위는 상관없다. 즐거운 데이트를 하고 싶다.

예를 들어 아침 10시에 만나기로 약속한다. 아침 일찍 만나니까 전날은 알람을 맞춰 놓고 11시에 잠자리에 든다. 이것저것 준비해야 하니까 8시에 일어난다. 이때부터 이미 비일상이다. 화창함의 세계가 열리는 거다.

새벽 5시까지 깨어 있다가 오후가 돼서야 느직느직 일어나는 것, 이것이 곪을 대로 곪은 내 일상이다. 화창함의 세계는 이런 일상에 지친 내게, 저 멀리 우주까지 뚫고 날아갈 것만 같은 최고의 긴장감을 안겨준다.

데이트 상대는 될 수 있으면 잘 모르는 상대가 좋다. 그러는 편이 이래저래 긴장이 된다. 긴장도 나에게는 비일상적인 것이다.

너무나 비일상이어서 나는 종종 시간 감각을 잃어버린다. 10시에 만나기로 했는데 9시 반쯤 약속 장소에 도착할 때도 있다. 그러면 상대가 올 때까지의 30분도 꽤 알차게 보낸다. 이렇게 쓸데없는 시간을 이렇게 알차게 보낼 수 있다니, 이런 건 누군가를 기다릴 때 말고는 불가능이다.

이보다 즐거운 건 없다. 데이트가 최고다.

그런데 요즘 유난히 데이트가 서툰 사람이 많다. 데이트의 의미를 오해하는 사람이 최근에 부쩍 생기면서 그 가치가 땅에 떨어지고 있다. 올바른 데이트를 못 하는 사람이 너무 많다. 데이트의 본질은 연애의 프롤로그도 아니고, 한 방에 끝내자는 것도 아니다. 데이트란 누군가를 알아가는 거라고 단언한다. 그러고 나서 연애가 시작되든, 우정이 싹트든, 한 방에 끝나든, 그런 건 부수적인 것일 뿐이다.

처음부터 괜히 쓸데없이 이런저런 의미를 갖다 붙이고 데이트를 하면 상대방이 제대로 보이지 않는다. 그래서는 멋진 연애든 멋진 우정이든 생길 리가 없다.

그러고 보니 이런 친구가 있었다. 그녀는 엄청나게 자주 데이트 신청을 받는데, 그럴 때마다 이런저런 고민을 한다. 말하자면, 그녀의 머릿속에서는 "나랑 어디 갈래?"라는 말은 "네가 좋아"와 똑같은 말이라고 공식처럼 정해져 있다. 고민하고 고민하다가 결국 거절하고 나서는, "거절하고 나니까 그 사람이랑 같이 있는 게 불편해" 하며 또 끙끙 앓는다.

아아, 세상은 이런 사람들로 넘쳐나고, 그래서 점점 데이트가 이상한 것으로 변질되는 거다.

물론 이 친구만의 잘못은 아니다. 이런 사람을 만들어내는 극도의 데이트 초짜들이 존재하기 때문이다.

처음부터 별 이상한 의미를 부여하면서 데이트를 신청하는 부류들 말이다. '네가 좋아. 이렇게 계속 데이트를 하다 보면 너도 언젠가는 내 좋은 점을 알게 될 거야.' 시작부터 이렇게 끈적끈적한 느낌으로 데이트 신청을 한다. 그렇게 데이트라는 것에 너무 의미를 두니까 나중에 일이 꼬이고

마는 것이다. 데이트 신청을 했다고 하자. 상대방이 OK 하면 그걸로 만사 OK라도 된 것처럼 여긴다. 그러다 '이게 아닌데……' 하게 되고 그런 생각을 말하면, "왜 그래, 데이트하러 와서는" 이런 말을 듣게 된다.

제일 짜증났던 경우는 그냥 같이 영화 보러 갔을 뿐인데 바로 '사귀자'라는 의미로 받아들여졌던 때다. 그 뒤로 날마다 전화를 걸어대는 바람에 끝내는 정나미가 떨어졌다. 그래서 무시했더니 온갖 비난을 퍼붓는 바람에 정말 어찌해야 할지 몰랐다. 그런 희한한 일이 아무렇지도 않게 벌어진다. 그것도 자주.

그런 부류들 때문에 조금 전의 그 끙끙 앓는 내 친구 같은 사람이 나오는 거다. 그런 사람들의 상호작용으로 데이트의 가치가 땅에 떨어지고 있다.

그 사람의 한 가지를 알게 되는 것

'이런 게 바로 데이트지' 하고 내가 확실하게 말할 수 있는 데이트의 예는 이제 막 친구 사이가 된 사람과 함께 동네를 걸어 다닌 데이트였다. 그와 아침에 만나기로 약속하고 니시쿠보 동네를 함께 걸었다. 벼룩시장, 고물상점, 잡화점 같은 데를 기웃거리며 돌아다녔다.

그때는 그와 나 사이에 딱히 특별한 연애 감정 같은 건 없었다. 그런 건 데이트할 때 아무 상관이 없다. 여러 가지 의미에서 나는 그가 좋았고 아마 그도 마찬가지였을 것이다. 커피도 안 마시고 점심도 안 먹고 잘도 걸었다. 마침 취미가 맞는 사람이어서 정말 즐거웠다. “이 집 빵 맛있어” 하고 그가 말하면, 우리는 그 빵집에 들어가 여러 가지 빵들을 바라보았다. 그는 빵을 이것저것 샀고 우리는 걸으면서 먹기 시작했다. 그는 “아침도 안 먹었어” 이런 말들을 했다. 그러고는 “진짜 맛있다. 먹을래?” 하고 나에게 자기가 베어 먹은 빵을 건넸다. 처음 만나서 같이 밖을 걷다가 갑자기 빵을 사서 길을 걸으면서 먹는 사람을 처음 본 나는 그게 너무 재미있었다. 어디서 태어났느냐는 둥, 혈액형이 뭐냐는 둥, 그런 말을 하지 않고도 그 사람의 한 가지를 알게 되었다.

하나하나 일정을 짜서 영화를 보고, 밥을 먹고, 술을 마신다. 밥을 먹어도, 술을 마셔도 척척 계산해준다. 뭐, 사주면 고맙긴 하지만 그렇게 틀에 박힌 권장형 데이트 같은 건 재미가 없다. 밥 먹을 때 같은 어색한 시간에는 말이라는 수단 말고는 상대방을 알 수 있는 방법이 없다.

데이트는 뜻밖의 나 자신을 만나게 되는 기회

뜻밖의 나 자신을 만나게 되는 것도 올바른 데이트에서 얻을 수 있는 특전이다. 나는 원래 말주변이 없지만, 가끔은 무슨 약이라도 먹은 것처럼 마구 수다를 떨고 싶을 때가 있다. 내가 그런 기분이 들게끔 해주는 사람은 남녀 상관없이 분명히 있다.

마주 앉아서 이야기를 하다 보면 나 자신의 일들이 하나하나 떠오르면서 뭔가 말하고 싶어서 입이 근질근질해질 때가 있다. 고등학생 시절 유이가하마 바닷가에서 친구와 연을 날리던 일, 유치원 다닐 때 가위를 제대로 못 쓰던 일, 그런 별것도 아닌 사소한 일이나 생각이 뒤죽박죽 떠오르면서 말로 표현하고 싶어진다.

그렇게 한번 말을 하기 시작하면, 어, 어 하는 생각이 든다. 여느 때와 달리 말이 술술 나오고, 게다가 별로 친하지도 않은 사람 앞에서 수다를 떤다. 그런 나 자신을 천장에서 내려다보며 '아아, 내가 이랬었구나. 이런 추억도 있었네' 또는 '내가 이런 생각을 하는구나' 하고 마치 남의 일처럼 생각하다가 조금 놀란다.

하지만 정반대로 아무 생각이 안 날 때도 있다.

한번은 전철 안에서 상대방과 마주 보는데 완전히 할 말을 잃은 적이 있다. 늘 함께 있어 익숙해진 침묵이 아니라 착 가라앉은 무거운 침묵이었다. 그 무거움이 상대방에게도 옮겨갔는지 그도 어색한 듯 잠자코 있었다.

'나 자신을 전혀 모르는 나'를 만난 것이다.

그건 정말로 식은땀이 날 만한 상황인데, 덜컹거리는 열차 안에서 발에 힘을 주고 서서 온 힘을 다해 떠올려보려고 했다—내가 좋아하는 건 뭘까, 어제는 무슨 일이 있었지, 최근에 웃은 적이 있었나.

집에 돌아오니 몹시 허전했다. 상대방이 어떠어떠해서 아니라, 내가 빈 껍데기 같은 사람이면 어떡하지, 하고 진지하게 생각했다. 지금부터라도 하루하루를 더 알차게 보내자, 초등학생이 처음 글쓰기를 시작할 때처럼 마음속으로 그렇게 다짐했다.

올바른 데이트는 상대방을 보여줄 뿐만 아니라 나 자신

도 보여준다. 재미있는 것, 즐거운 것, 싫어하는 것, 뭐든 하나라도 서로에 대해 알 수 있는 게 있으면 또 데이트를 하고 싶어진다. 그리고 나도 모르는 사이에 연인이 되기도 하고, 정말 소중한 친구가 되기도 한다. 이건 정말 멋진 일이다.

즐거운 데이트를 하면 활력이 생긴다. 나는 왜 태어났을까, 왜 살아야 할까. 이렇게 쌀뒤주 속의 쌀 알갱이를 세는 것 같은 생각은 하지 않아도 된다. 내가 태어난 의미 같은 걸 생각하는 것보다는 그 사람이 무슨 생각을 하고 어떤 말을 하는 사람일까를 생각하는 게 나는 더 좋다. 나와 상대방의 공통점을 찾아 함께 웃을 수 있는 게 좋다.

그래, 이렇게나 데이트를 좋아하는데, 내친김에 '올바른 데이트 위원회'라도 한번 만들어볼까. …… 아아, 학교 동창 중에는 벌써 애가 있는 친구도 있는데…….

I've been loving you too long

"나 어제 고등학교 동창이랑 술 마셨어."

친구가 힘없는 목소리로 말했다.

"정말? 재밌었어?"

"재미는 있었는데…… 근데 그 사람이 화가 나서 말을 안 해."

"왜?"

"내가 그 사람한테 말도 안 하고 술 마시러 갔거든. 항상 10시 반에 전화하는데 내가 그때 집에 없었어."

"그래서, 누가 화가 났단 말이야?"

"남자친구."

나는 할 말을 잃었다.

"아니, 너, 고등학교 동창이랑 술 마시고 호텔에라도 간 거야?"

"아냐, 걘 여자 친구야."

"…… 음, 그래서 누가 말을 안 하는 건데?"

"남자친구가."

만담이라도 주고받는 것 같았다.

내 친구의 남자친구는 자신의 여자친구가 자신이 모르는 곳에서 자신이 모르는 사람과 즐겁게 노는 걸 용서하지 못한다는 말인 것 같았다. 그 남자는 분명 이 세상 사람들이 다 사라져도 그녀만 있으면 될 만큼 그녀를 좋아하는 거다. 그녀도 그걸 잘 알고 있고, 이렇게 풀이 죽어 있는 건 그 남자에게 잘못했다는 마음이 들어서 그런 모양이다. 누군가가 나를 너무너무 아껴준다는 건 어마어마하게 행복한 일이다. 하지만 나는 왠지 "널 사랑한다는 증거잖아" 하고 웃으며 위로해줄 수가 없었다. 친구가 너무 딱해서.

사랑하면 눈이 먼다

친구 중에 연인이 생기면 마치 소금 뿌린 달팽이처럼 스르르 자취를 감추는 친구가 더러 있다. 저 멀리 아득한 곳, 자신과 연인 둘만의 나라로 떠나가버리는 것이다. 그 행복한 두 사람의 소식은 친구 누구도 알지 못한다. 저 멀리 아득한 곳으로 사라져버린 채 그들은 두 번 다시 돌아오지 않는다. 둘 사이가 파국을 맞기 전까지는.

본인들이야 성가신 것들은 전부 떨쳐버리고 둘이서 내내 알콩달콩할 수 있으니 더할 나위 없이 행복할 것이다. 하루하루가 장밋빛이어서 정신을 못 차릴지도 모른다.

바깥 세계와 단절한 채 둘만의 왕국에 사는 그 친구에게 나 같은 건 친구가 아니라 먼지쯤으로 격이 떨어졌을 게 분명하다. 그래서 나는 그런 사람은 그런 사람이라며 그냥 내버려둔다.

언젠가, 그때까지 그럭저럭 친하게 지내던 친구에게 여자친구가 생겼다. 무슨 일인가로 만나서 이야기를 하는데, 말하는 내내 그는 여자친구 이야기만 떠들었다. 얼마나 예쁘고, 얼마나 집안이 좋고, 얼마나 요리를 잘하고, 얼마나 상냥한지.

"'너만 있으면 이 세상 사람들은 다 사라져도 괜찮아'하고 말했어. 걔한테."

그는 좋아 죽겠다는 얼굴로 말했다. 행복해서 좋겠네, 나는 말은 그렇게 했지만, 마음속에서는 뿌지직 소리가 날 만큼 오만 정이 다 떨어졌다. 너네들이 열심히 사는 것처럼 나도, 내 남자친구도, 우리 엄마도, 내 친구들도 다 열심히 살고 있거든? 나는 몰래 가위를 꺼내 그 친구와 나 사이에 이어진 우정의 끈을 싹둑 잘라버릴까도 생각했다. 실제로 그러기도 전에 그 친구는 좋아 죽겠다는 여자친구 곁으로 가버려서 우정의 끈이고 뭐고 자를 건 아무것도 없었지만.

사랑하면 눈이 먼다. 무엇에 눈이 멀게 되는 걸까. 단순히 상대방의 결점이 안 보인다기보다는, 상대방을 사랑하는 자신의 마음 외에는 아무것도 보이지 않게 된다. 주변 상황도, 친구도, 그리고 결국에는 자신이 그토록 사랑하는 그 사람의 행복조차도.

사귀던 사람과 얼마 전에 헤어진 친구가 있다. 그녀는 하고 싶은 게 너무 많아서, (그럴 의도는 없었겠지만) 자기를 구속하려는 남자친구가 조금씩 부담스러워졌다. 그래서 며칠 동안 고민하고 고민한 끝에 혼자가 되어 보겠다고 마음먹었다. 나만의 시간, 혼자 생각할 시간을 달라고 남자친구에게 말했다. 물론 그는 그녀를 정말 사랑했기 때문에 그 말을 듣고 망연자실했다. 헤어진 그날부터 그녀의 전화기는 시도 때도 없이 울렸다. 네가 없으면 안 돼, 하고 우는 그의 전화부터, 네가 걔한테 상처를 줬어, 걔 입장에서 생각해봐, 하고 말하는 그의 친구들 전화까지…….

너무 사랑한 나머지 그는, 사람은 누구나 하나의 마음만 가지고 있다는 것, 그리고 그 마음은 오로지 그 사람만의 것이라는 것, 이런 당연한 것들도 모르게 되었다. 그리고 자신이 그렇게도 사랑하는 사람의 행복조차도 보이지 않게 되었다. 자신에게 가장 소중한 사람을 자기 자신이 괴롭히고 있다는 걸 알아차리지 못했다.

그가 나에게 지지 않도록, 내가 그에게 지지 않도록

한 사람 한 사람 스스로 서 있는 연인들을 보면 참 멋지다는 생각이 든다. 대학 시절, 같은 과 친구 중에 그런 커플이 있었다. 남자는 대체 뭘 하는지 툭하면 수업을 빼먹었다.

하지만 여자는 그런 건 아랑곳하지 않고 다른 남자 친구들과 교내 여기저기를 걸어 다녔다.

둘이 함께 있는 걸 거의 못 봐서 그런지, 가끔씩 둘이서 나란히 걷고 있는 모습을 보면 묘한 감동마저 느껴졌다.

여름이 지나고 가을이 되고 학년이 바뀌어도 그 둘은 각자 자기가 하고 싶은 것을 했는데, 그들이 조금씩 변해가고 있는 게 놀라웠다. 얼굴 표정도 분위기도 변했다. 아름답게 나이를 먹고 있다는 느낌이 들었다. 언젠가 그 남자가 이런 말을 했다.

"내가 내 세계를 향해 걸어가고 있는 것처럼 그녀도 자신의 무언가를 향해 나아간다면 그게 제일 좋은 거지."

이 말을 듣고 나는 조금 감동했다.

다른 세계에서 열심히 싸우고 있는 사람을 좋아해야지, 하고 나도 생각한다. 그가 나에게 지지 않도록, 내가 그에게 지지 않도록.

연인과 손을 꼭 잡고 오래전에 저 멀리 아득한 곳으로 떠나버린 친구와 얼마 전에 우연히 마주쳤다. "핵전쟁이 나서 온 세상이 멸망해도 그 사람만 살아남으면 돼." 또 이딴 소리나 할까 봐 나는 길게 이야기하지 않고 헤어졌다.

그럼 다음에 보자, 하고 헤어지면서 나는 그 친구가 둘만의 왕국으로 들어간 지 꽤 오랜 시간이 흘렀는데도 변한 게 없다는 사실에 놀랐다. 정말 아무것도 변한 게 없었다. 다만 어렴풋하게나마 아주 살짝 아저씨 같은 느낌이 들었을 뿐이다. 아아, 무섭다. 둘만의 왕국은 천년만년 나이를 먹지 않는 용궁인 걸까.

그의 뒷모습을 보면서 나는 나중에 구속하는 걸 좋아하는 사람과 사랑에 빠지면 어떡하지 하는 생각이 문득 들었다. 그런 사람은 분명 내가 얼마나 데이트를 좋아하고, 얼마나 데이트를 소중히 여기는지 이해해주지 못하고, 누구하고도 못 만나게 하겠지. 그렇게 되면 차라리 혀 깨물고 죽는 게 나을 거야.

별 쓸데없는 걱정을 다 하면서 나는 북적대는 사람들 속을 걸어갔다.

노랑머리의 역습

멍하니 길을 걸으며 생각했다. 사람의 얼굴은 말을 한다고.

딱 봐도 착실해 보이지는 않는 사람은 대낮부터 파칭코 가게에 들어간다. 두세 명의 남자들에게 둘러싸여 있는 예쁜 여자는 외모만 신경 쓸 것 같은 얼굴을 하고 있다. 학교가 끝나면 못된 아이들에게 괴롭힘을 당할 것 같은 아이는 정말로 괴롭힘을 당한다.

물론 실제로 다 그렇게 맞는 건 아니다. 착실해 보이지 않는 아저씨가 사실은 사복형사일 수도 있고, 예쁜 여자가 국

제사회 문제로 밤잠을 설칠 수도 있으며, 괴롭힘을 당하는 아이는 세계 정복을 꿈꾸고 있을지도 모른다.

맞든 아니든, 얼굴은 제멋대로 말을 하고 있다. 어쨌든 우리 눈에 보이는 건 얼굴뿐이니까 거기서 뭔가를 상상할 수밖에 없다. 그냥 스쳐 지나가는 사람이라면 별 상관없겠지만, 서로 이야기를 주고받는 경우라면 얼굴을 통해 얼굴이 아닌 것을 봐야 한다. 그래서 내 쪽에서도 '얼굴 아닌 얼굴'을 분명히 만들어야 한다.

얼굴은 정말 무서운 것이다

나는 아이의 얼굴을 하고 있다. 스무 살을 훌쩍 넘긴 나이인데도 아이 같은 얼굴이 말을 하니까 항상 고등학생 취급을 당한다. 하지만 이건 어쩔 수 없는 게 아니라, 깔깔대며 놀고, 낮잠을 자고, 아직도 편식을 못 고친 내 생활 태도가 만들어 낸 '얼굴'인지도 모른다.

"젊어 보이면 좋지" 하고 남들은 말한다. 하지만 그건 마흔다섯 살이 서른 살로 보이면 좋다는 거지, 나처럼 어린애 같은 얼굴을 한 젊은이에게 해당되는 말은 아니다.

어쨌든 젊을 때는, 좀 어른스러워 보이고 똑 부러지게 보이고 함부로 대하기 어려운 얼굴이 확실히 좋다.

방을 구하러 부동산 가게를 돌아다닐 때마다 나는 이 사실을 온몸으로 실감한다. 집에서 입는 옷차림으로 불쑥 나타나는 나에게 친절하게 대해주는 부동산 가게는 없다. 나는 어린애 같은 얼굴을 하고 있는 데다가 '주식회사 ○○' 로고가 찍힌 명함을 갖고 있는 것도 아니어서 당연히 오해를 불러일으킨다.

부동산 가게 주인들이 그렇게 무서운 사람들이라고는 생각하지 않았기 때문에 나는 도대체 이 세계는 뭐지? 하며 눈이 똥그래졌다.

"너, 오늘 얼마 가지고 왔어?"

방을 구하러 나선 첫날, 내가 처음으로 들었던 말이다.

"그냥 방만 보는데도 돈이 필요해요?"

"당연하지. 우리 집은 말야, 그냥 심심풀이로 방이나 보러 놀러 오는 사람한테는 소개를 안 해. 정말로 방을 얻을 생각이라면 보증금 정도는 가져와야지."

아직 얼마짜리 방에 살지도 확실히 모르는데 왜 보증금을 들고 가야 하는 거지? 하며 고개를 갸우뚱했는데 답은 간단했다. 내가 '심심풀이로 방이나 보러 놀러 오는' 애처럼 보였다는 말이다. 이때만큼 내 얼굴이 한심하게 보인 적은 없다.

"직업이 뭐야?" 하고 묻길래 "소설 쓰는데요" 하고 대답하자, 말 그대로 코웃음을 친다. 분명 소설가를 지망하는, 꿈과 현실도 구분 못 하는 애라고 생각한 것이다.

얼굴은 정말 무서운 것이다.

그런데 나는 머리 색깔이 노랗다. 오렌지색이 감도는 노란색이다. 그렇다고 내가 원해서 이렇게 염색한 건 아니다.

나는 대학 시절, 학생극단에 들어가 연극을 했다. 그때의 친구들은 취직을 하거나 유학을 갔는데, 그 시절을 그리워하는 마음에 올해 처음으로 다시 모여 '마지막 공연'을 했다. 그때 내가 맡은 역은 천박해 보이는 술집 여자 역할이었다. 연출자가 염색하라고 하길래 하라는 대로 했다. 머리를 노랗게 물들인 나는 과연 천박한 술집 여자처럼 보였다. (불량 고등학생으로 보이기도 했다.)

연극은 끝났지만 머리는 노랗다. 나는 굳이 고르라면 검은색 머리가 좋지만, 염색약이 간에 나쁘다는 말을 듣고 다시 검은색으로 염색하지는 않았다. 그냥 내버려두면 언젠가는 검은색으로 돌아올 거니까 신경 쓰지 않았다.

그런데 시간이 지나도 검어지지 않는다. 검어지기는커녕 머리를 감으면 감을수록 더 노래지는 것 같다. 지금은 오렌지색이다. 자신의 의도대로 금발로 염색하는 사람도 있겠지만, 나는 내 의도와는 반대로 노랑머리를 하고 있다.

머리 색을 포함한 사람의 얼굴, 이것이 얼마나 제멋대로 그 사람에 대해 떠들고 있는지, 머리를 염색한 뒤로 절실히 느끼게 되었다.

'열일곱 살의 고등학생. 선생이 야단치든 말든 내가 알 게 뭐야.'

세상 사람들의 반응을 보면서 나는 내 얼굴이 제멋대로 이렇게 떠들어대고 있다는 걸 어렴풋이 알게 되었다. 스물네 살의 나는 그저 슬펐다. 그리고 어른들이 나를 대하는 태도가 얼굴이나 머리 색, 옷차림에 따라 미묘하게 변하는 것이 조금은 재미있었다.

겉으로 보이는 것들이 두꺼운 커튼이 된다

밴드 활동을 하는 친구들과 고급 레스토랑에 갔다. 신경질적으로 보이는 매니저가 이리저리 돌아다니는 우리를 계산대 앞에다 불러 세워놓고, 원장 선생이 하듯이 우리 머릿수를 셌다.

"자리는 제가 안내해드릴 테니까 아무 데나 앉으시면 안 됩니다."

땍땍거리는 목소리로 그렇게 말하고는 다시 계산대로 갔다. 우리가 꼼짝이라도 하면 눈길을 던졌다.

"아아, 피곤해."

금발 머리 친구가 살짝 벽에 기대자, 매니저가 우리 쪽을 째려보면서 언성을 높였다.

"손님! 그 벽은 유리로 돼 있어서 기대시면 안 됩니다."

그 이상한 태도에 친구 하나가 소리를 지르기 시작했다.

"위험하면 유리로 안 만들면 되잖아. 뭐야 이게!"

매니저도 계속해서 소리쳤다.

"위험하니까 조심해주세요. 그렇게 기대시면 안 됩니다."

그 묘한 대응이 정말 웃겼다.

그때 아주머니들이 문을 열고 들어왔다.

"몇 분이십니까? 예, 예, 잘 알겠습니다. 지금 자리가 꽉

차서 그러니 잠시만 여기서…….”

열심히 손님을 맞이하는 매니저를 보면서 아하 하고 감탄했다. 겉모습 하나만으로 인간이 이렇게 달라질 수 있구나.

“굉장하네.”

아직 노랑머리가 익숙하지 않은 나는 감탄했다.

“이런 건 이제 익숙해.”

금발 머리가 익숙한 친구는 정말 아무렇지도 않다는 듯이 웃으며 말했다. 이런 일은 흔히 일어나고 또 당연한 일인지도 모른다. “이런 건 익숙해”라고 말하는 이 친구들은 이런 일쯤은 정말로 아무렇지도 않게 생각하는 것 같았다. 그들에게는 익숙해져 버릴 만큼 당연한 일이지만, 노랑머리가 익숙하지 않은 내게는 너무나 이상하게 보였다.

자리에 앉은 우리는 얌전히 주스를 마시며 시시덕거리고 놀았다. 조금 전의 그 매니저는 5분에 한 번꼴로 우리 자리에 와서 우리가 뭘 하는지 열심히 기웃거리는데, 그 모습이 참 애처롭다는 생각이 들었다.

또 한번은 이 친구들과 함께 엘리베이터를 탔는데 함께 탄 젊은 회사원들이 갑자기 “너희들 불량 학생이지?” 하는 게 아닌가. 당연히 한 친구가 벌컥 화를 내며 “왜 그런 말을 해요?" 하고 따지자, 그 회사원은 "그런 머리를 한 사람은 보통 그래서 말야" 하는 거였다.

이 얼마나 무례한 말인가. 넥타이를 맨 게 뭐 그렇게 잘났다고. 어쩌면 우리가 더 나이가 많을지도 모르는데 그런 무례한 말을 하다니, 나도 그때는 정말로 화가 치밀었다.

서점 앞에서, 작업실에서, 세무서에서, 어디 접수처에서, 레스토랑에서 나이 지긋한 사람들과 이야기할 때, 나의 노랑머리, 화장기 없는 애 같은 얼굴, 애들 취향의 옷차림, 이런 것들이 대화를 어렵게 하는 경우가 있다. 레스토랑이나 접수처라면 몇 초 동안의 불쾌함으로 끝나겠지만, 세무서나 부동산이나 작업실이라면 일이 훨씬 더 복잡해진다. 그런 것들에는 전혀 신경 쓰지 않고 이야기하는 사람도 분명 있다. 그래서 당연해야 할 그것이 정말 대단하다는 생각마저 든다.

겉으로 보이는 것들이 두꺼운 커튼이 된다는 게 참 슬프다. 나는 내가 원해서 어린애 같은 얼굴로 태어난 것도 아니고, 내가 좋아서 노랑머리로 염색한 것도 아니기 때문이다.

커튼만 보는 사람인지, 아니면 처음부터 커튼 같은 건 눈에 들어오지도 않는 사람인지, 그걸 구별하는 데 나의 이 노랑머리가 꽤 도움이 된다.

그뿐만이 아니다. 길을 잃었을 때는 바로 눈에 띌 뿐만 아니라, 처음 보는 사람과 약속 장소에서 만날 때도 금방 알아볼 수 있는 표시가 된다.

나는 내 의도와는 맞지 않아도, 머리 꼭대기부터 조금씩 까만 머리가 자라나고 있는 이 노랑머리를 당분간은 유지할 생각이다.

불완전한 낙원

요즘 들어 건망증이 심하다. 디즈니랜드에 있는 롤러코스터 못지않다. 치매가 오기에는 너무 이르다. 스물넷의 나이에 모든 기억을 싣고 어디론가 멀리 달려가는 머릿속의 롤러코스터를 나는 두려워하지 않을 수가 없다.

약속한 걸 깜빡하고 같은 날에 약속을 서너 개나 잡는 건 다반사다. 갖고 싶었던 책을 사려고 책방에 들어가면, 무슨 책을 사고 싶었는지 전혀 생각이 안 난다. 얼마 전에는 전화로 미팅 약속을 잡았는데, 전화를 끊자마자 몇 시에 만나기로 했는지 생각이 나지 않았다. 그렇게 한 번 실수할 때마다 아아, 또 이러네, 조심해야지 하고 생각하지만, 나중에는 그 생각조차 잊어버린다.

더 심했던 건, 뭔가를 골똘히 생각하면서 화장실에 들어갔는데 팬티 벗는 걸 잊어버렸을 때다. 이때는 나도 화들짝 했다. 팬티를 입은 채 변기에 앉아서 볼일을 보려다가 왠지 이상하다 싶었다. 정신을 차리고 보니 팬티를 입고 있기에 나는 화들짝 놀라 벌떡 일어섰다.

팬티를 벗는 것도 깜빡하고, 담배꽁초를 안에 버린 것도 까먹고 맥주 캔에다 입을 댄다. 그래도 그런 것쯤이야 으악! 하고 놀라면 그뿐이지만, 가장 곤란한 건 약속을 잊어버리는 것이다. 약속은 나 혼자 하는 게 아니라 상대방과 함께 하는 것이다. 내가 빛의 속도로 약속을 잊어버린다고 해서 상대방도 마찬가지로 잊어버린다는 보장은 없다. 아니, 대부분의 경우는 잘 기억하고 있기 때문에 상대방에게 폐를 끼치게 된다. 이건 좀 곤란하다.

서너 개의 약속을 한꺼번에 잡아버린 경우에 대비해 나는 '대단히 죄송하지만 인간의 도리로, 가장 먼저 잡은 약속을 우선하자'라는 규칙을 정해놓았다. 자기가 약속을 잡은 주제에 인간의 도리니 뭐니 하는 게 웃기지만 어쩔 수 없다. 정중하게 사과한다. 상대방은 당연히 언짢을 것이다. 어느 편집자는 내가 세 번 네 번 일정을 바꿨는데도 생글생글 웃으며 다 받아줘서 나는 몸 둘 바를 몰랐다. 그러면서 속으로는 '이런 인간하고는 개인적으로 절대 사귀고 싶지 않군' 하고 생각할까 봐 마음이 조마조마했다.

요즘에는 포스트잇을 여기저기 붙여놓고 약속을 잡으면 바로바로 메모하려고 한다. 가끔은 포스트잇을 어디에 두었는지조차 까먹을 때도 있는데, 주위에 종잇조각이나 광고지 같은 것도 눈에 띄지 않을 때는 참 곤란하다. 그래서 할 수 없이 손바닥에 쓸 때도 있다.

그런데 몹쓸 건망증이 꼭 나쁜 것만은 아니구나 하고 최근에 깨달았다. 이 두려운 건망증은 나를 배반하기도 하고 내 신용을 떨어뜨리기도 하지만, 그래도 확실한 행복을 가져다줄 때도 있다. 이런저런 고민, 불끈 치솟는 울분까지도 빛의 속도로 없애주기 때문이다.

잊어버린다는 것은 하나의 행복이다

어릴 때는 행복이란 좀 다른 모습일 거라고 생각했다. 어떤 게 행복인지 분명히 말할 수는 없었지만, 적어도 이렇게 건망증이 심한 것을 행복이라고 생각하지는 않았다.

하지만 분명, 잊어버린다는 건 하나의 행복이다.

고등학생 시절, 고민이 하나 생기면 그것은 아침부터 밤까지 나를 따라다녔고, 인생이란 터무니없이 괴로운 것이라는 결론밖에 나지 않았다. 뭔가 하나가 어긋나면 아침에 일어나자마자 우울한 기분이 들었고, 학교에 가도 점심시간이 돼도 집에 돌아와도 침대에 누워도 그 우울함은 내내 가시지 않았다.

그런데 지금은 어떤가. 나라는 인간은 기본적으로 변하지 않았기 때문에, 뭐 하나가 어긋나는 건 지금도 여전하다. 예를 들면, 누구와 이야기를 주고받다가 갑자기 자기혐오에 빠진다. 하지만 그 사람과 헤어지고 길을 걷다가 편의점에 가서 온갖 과자봉지를 바라보고 있으면 자기혐오 따위는 깡그리 잊어버린다. 비닐봉지를 들고 횡단보도를 건널 때쯤이면, '어? 아까 기분이 안 좋았는데, 뭐였지? 됐어. 생각 안 나면 그만이지' 하고 그걸로 끝이다. 그리고 집에 오면 행복한 기분으로 과자를 와작와작 씹어 먹는다.

가슴이 조마조마해질 만큼 돈이 떨어졌을 때도, 나는 통장 잔액 숫자를 금방 까먹기 때문에 아무렇지도 않게 치과에 다닐 수 있다. 요즘은 무척 신경이 예민해져 붐비는 전철을 타면 온갖 것들에 짜증이 나고 피가 거꾸로 솟는다. 하지만 열차에서 내려 밤바람을 맞으면 금세 잊어버리기 때문에 또 집을 나설 수 있다.

그리고 약속을 까먹는 것만 빼면 나라는 인간은 주변 사람에게 꽤 도움이 되는 인간이 아닐까 하고 생각한다.

기억력 좋은 친구가 주변에 있으면 그야말로 공포다. 사귄 시간이 길면 길수록 나는 그녀의 기억 속에 박혀 있는 내 모습이 더더욱 두렵다.

중학교 때부터 쭉 10년 넘게 만나는 친구가 있다. 그녀의 기억력은 대단하다. "그때 우린 구니다치로 가는 버스를 타고 있었는데, 넌 모자를 쓰고 하늘색 옷을 입고 있었어, 이런 이야기를 했고 저런 이야기를 했고……" 이런 모든 걸 다 기억한다. 나는 그녀의 굉장한 기억력이 징글징글했다. 그녀도 스스로 그렇게 생각하는 것 같다. 그렇게 하나하나 다 기억을 하는데도 용케 머리가 폭발하지는 않는다.

남에게도 도움 되는 건망증 천국

지나치게 좋은 기억력은 징글징글할 뿐 아니라 때로는 난처하게 만들기까지 한다. 예를 들면 이런 거다. 나는 고등학교 때 학급회의 시간에 새우깡을 먹다가 담임선생한테 들켜 '가축'이라는 말을 들은 적이 있다. 그것도 모자라 선생은 내 새우깡을 빼앗아 쓰레기통에 탈탈 털어 버렸는데, 그 친구는 그런 것도 기억하고 있는 것이다. 그녀가 이 이야기를 언제 어디서 꺼낼지 누가 알겠는가. 게다가 너무너무 싫은 그 선생이 죽었으면 좋겠다고 생각했고, 난 아직 미성년자니까 범죄를 저질러도 괜찮아, 하고 심각하게 그 친구에게 말한 적도 있는 내 어린 날의 모습까지도.

만약 내 이상형을 그대로 그려놓은 듯한 사람이 내 눈앞에 나타나, 나에 대한 환상을 품은 채 정말로 나와 결혼하는 일이 벌어진다면, 나는 무슨 수를 써서라도 그녀의 머릿속에 박힌 10년 전의 그 기억을 없애버릴 것이다.

그러나 다른 한편으로 나 같은 사람은 얼마나 편리한 인간인가 하는 생각도 든다. 방 안에 속옷을 어질러놓는 남자가 결혼할 때는 싹 잊어버리고 예쁜 신부와 웃을 수 있을 것이다. 또 마요네즈와 간장을 밥에 팍팍 뿌려 먹던 사람이 잘난 척하는 유명 인사가 되어도 그는 자기가 옛날부터 세련됐다고 말할 수 있을 것이다.

하지만 이런 '남에게도 도움 되는 건망증 천국'을 정상적인 사람 입장에서 생각해보면 (나는 얼렁뚱땅 넘어가려는 나 자신이 두려워 가끔은 정상적인 사람이 돼본다) 좋게 보이지만은 않을 것이다. 잊어버린다는 건 분명 편리할 때도 있고, 행복을 가져다주기도 하지만 그렇다고 건망증 만세! 하고 내버려둘 수는 없다. 그냥 내버려두면 '남에게도 도움 되는 건망증 천국'은 '남에게 민폐를 주는 건망증 지옥'이 되고 만다. 더 나아지려는 마음이 없는 사람은 바보라고, 어떤 대단한 선생이 말하기도 했다.

하지만 정상적인 사람 입장에서 생각하는 시간이 끝나면 나는 또 얼렁뚱땅 생각한다. 어쨌든 나한테는 포스트잇이 있고, 괴롭고 고민스러운 일이 사라진다면 그걸로 된 거 아닌가. 평생을 바보처럼 살면 그보다 더한 행복은 없다고 어떤 대단한 선생도 말하지 않았던가.

이런저런 생각을 하다가, 혹시나 내가 사는 곳을 잊어버리면 어쩌나 걱정스러워 주소를 써넣은 명찰을 들고 다닐까 하는 생각까지 떠올랐을 땐 나도 깜짝 놀랐다.

플리마켓 데이

꽤 오래전에 재활용 붐이 일면서 한동안 TV에서 특집으로 다뤄지기도 했기 때문에 알고 있는 사람도 많겠지만, 요즘은 여기저기서 한 달에 한 번은 벼룩시장이 열린다. 참가자들이 각자 팔고 싶은 물건을 가져와서 펼쳐놓고 파는 건데, 교회 바자회의 야외 버전 같은 느낌이다.

나도 이 벼룩시장의 회원으로 한 달에 한 번 근처 공원에서 열리는 벼룩시장에 꽤 오래전부터 참가하고 있다. 내가 파는 물건들은 안 입는 옷가지, 누군가에게서 받은 그릇, 레코드, 책, 전기제품 같은 것들이다.

이 벼룩시장이 꽤 재미있다. 처음에는 취미로 시작했지만, 어떤 달은 심각하게 내 생계가 걸려 있을 때도 있다. "이게 안 팔리면 밥을 못 먹는데……" 하고 마치 성냥팔이 소녀가 되기라도 한 듯한 심정이 된다.

"이거 얼마예요?"

"아, 그거요, 1000엔에 드릴게요."

"에이, 500엔에 줘요."

"아아, 그건 좀 곤란한데…… 그럼 800엔은 어떠세요?"

"좋아요, 살게요."

이런 식이다. 하지만 이런 달은 간혹가다 있을 뿐, 그때만 빼면 어릴 적 소꿉놀이를 하는 기분이다. 주고받는 진짜 돈조차 장난감 돈처럼 여겨질 때도 있다.

그건 그렇고, 아줌마들은 정말로 드세다. 도대체 뭘 하길래 저런 강함이 몸에 붙는 걸까.

"뭐야 이거? 뭐가 묻었잖아. 이런 걸 500엔이나 받고 팔아?"

"뭐가 묻어서 500엔만 받는 거예요……."

"500엔이면 비싸지. 좀 깎아줘."

"그럼 안 사셔도 돼요. 다른 사람한테 팔죠 뭐."

"이런 건 아무도 안 사. 그냥 싸게 팔아."

"무슨 말씀이세요. 우리보다 돈도 많으면서 겨우 500엔 갖고……"

아주머니는 입을 삐죽거리며 가버린다. 나는 친구와 붙어 앉아서 아주머니에게 실컷 욕을 퍼붓는다. 그럴 때면 나는 저 멀고 먼 이집트의 시장 풍경이 떠오른다.

가치라는 걸 모르는 한심한 나

작년에 이집트에 갔다. 피라미드보다, 신전보다, 박물관보다 나는 이집트에서 살아가는 사람들과 그곳 시장에 마음을 쏙 빼앗겼다. 이집트 사람들은 돈 많은 일본인을 보면 물건을 비싸게 팔려고 했다. 우리는 계속 값을 깎다가 결국 양쪽 다 받아들이는 가격으로 물건을 샀다. 이럴 거면 처음부터 정해진 가격을 붙여놓으면 될 걸, 하고 생각했다. 하지만 "얼마예요? 얼마예요?" 하다가, "어디서 왔어요? 몇 살이에요?" 하고 묻는 유쾌한 이집트 사람들과 흥정하면서 말을 주고받는 게 재밌어서 나는 어디를 가더라도 물건을 살 때는 이야기를 많이 했다.

"여기서는 정해진 물건값 같은 건 처음부터 존재하지 않아요."

가이드가 말했다.

"값을 정하는 건 물건을 사는 사람이에요. 예를 들어 상인이 100달러를 불렀다 쳐요. 그래도 그 물건을 사고 싶으면 사는 쪽이 100달러를 내는 거예요. 하지만 1달러라 해도 비싸다고 생각하면 계속 깎는 거죠. 물건에 값을 매기는 건 사는 사람이고, 파는 사람은 자기가 산 가격과 이윤을 계산한 다음에, 양쪽의 의견이 일치하는 선에서 흥정을 성사시키는 거예요."

시장 한 모퉁이에 있는 어느 가게에서 나는 신기하게 생긴 악기를 발견했다. 너무 갖고 싶어서 가게에 들어가 소년에게 얼마냐고 물었다. 소년이 가격을 불렀다. 싸면 쌀수록 좋으니까 나는 값을 깎기 시작했다. 어느 정도까지는 깎아 주었지만 그 밑으로는 가격이 내려가지 않는다. 사근사근하게 웃는 얼굴로 소년은 안 돼요, 안 돼, 이 가격 아니면 안 돼요, 하고 웃었다.

"나 말이야, 일본에 돌아가면 가난한 학생이거든. 다른 일본인처럼 펑펑 쓸 돈이 없어."

얍삽한 나는 그렇게 말했다. 뭐, 그 말은 사실이기도 했으니까. 그 말을 듣자 소년은 반갑다는 듯이 벌떡 일어나며 물었다.

"학생이야? 나도 학생인데. 몇 살이야?"

"스물두 살. 대학교 4학년이야."

"아아, 난 스무 살이야. 카이로 대학에 다녀."

친근감을 느꼈는지 그는 기분 좋게 이야기를 계속했다.

"학비가 비싸서 낮에는 학교에 다니고 밤에는 여기서 알바하는 거야."

아무렇지도 않다는 듯이 말하는 그의 한마디에 나는 값을 깎기가 싫어졌다. 나는 일본에 돌아가면 분명 아무것도 가진 게 없는 학생일 뿐이지만 그래도 이렇게 돈을 모아서 외국에 와 있다. 그 정도의 돈이라면 모을 수는 있는 것이다. 그런데도 밤에 일하면서 학비를 버는, 나보다 어린 학생을 상대로 물건값을 깎으려 하고 있다. 내가 갖고 싶어 하는 그 물건의 가치에 얼마를 지불하면 되는지도 모르면서 말이다.

"역시 안 되겠어. 미안해" 하고 나는 가게를 나왔다. 그는 가게 앞까지 나오더니 손을 내밀었다. 학생끼리 열심히 살자, 이런 의미였을까? 나는 묘한 기분으로 악수를 했다.

뒤에서 함성이 들려 돌아보니 패키지여행으로 함께 온 아주머니 한 명이 장식품 하나를 손에 들고, 복싱 챔피언처럼 양손을 치켜든 채 친구들의 박수갈채를 받고 있었다. 끝까지 물고 늘어진 끝에 깜짝 놀랄 만한 가격으로 그 물건을 손에 넣은 모양이었다. 왁자지껄한 소리에 다른 가게의 이집트 사람들도 바깥으로 나와 무슨 일인지 영문도 모른 채 손뼉을 치며 떠들었다.

그렇구나, 하고 나는 생각했다. 이런 곳에서는 이것저것 생각하면 오히려 손해구나. 조금 전의 그 소년이 얼마에 판다고 한들 아르바이트 급여와는 아무 상관 없을지도 모른다. 그렇지만 나는 다시 그 가게에 들어가서 값을 깎을 기분은 들지 않았다. 가치라는 것을 모르는 내가 한심했다.

떠나려는 버스에 올라타자, 돌을 깎아 만든 고양이 장식품을 손에 든 아이들이 우르르 다가와 창문 안으로 들이밀고, 다른 한 손으로는 손가락 세 개를 펼쳐 보인다. 3달러에 사라는 뜻일 테다. 내 자리 쪽 창밖에서는 작은 충치가 있는 꼬마가 고양이 장식품을 열심히 들어올렸다. 아이의 손 안에 있는 고양이가 귀여워 나는 창문을 열고 "2달러면 살게" 하고 말했다. "OK, OK, 2달러, 2달러."

나는 충치 꼬마에게 2달러를 건넸다.

다소곳하니 귀여운 고양이를 손에 들고 창문을 닫는데, 앞자리의 아주머니가 뒤돌아보며 물었다.

"그거 얼마 주고 샀어?"

"2달러요."

"뭐? 2달러나 줬어? 나라면 1달러에 샀을 텐데."

근성 있는 아줌마가 말했다. 값을 깎는 거라면 자신 있다는 투다.

그건 아니죠, 아줌마. 왠지 위선적인 것 같았지만, 그래도 그런 생각이 들었다. 난 2달러를 주고 사고 싶었다고요. 충치가 있는 꼬마에게 2달러를 주고 사고 싶었단 말이에요.

맛있는 음식을 먹을 수 있게 해주는 돈

벼룩시장에서 물건값을 흥정하다 보면 그때 이집트의 푹푹 찌던 날들이 떠오른다. 내가 물건을 파는 입장이 되어보니, 터무니없이 깎으려 드는 사람을 보면 이렇게 화가 나는데, 그 더운 나라의 사람들은 용케 싱글싱글 웃으며 손님을 대해주었구나 하고 감탄하게 된다. 내가 즐거웠던 것처럼, 나와 이야기를 나누던 이집트 사람들도 그렇게 흥정하면서 값을 정하고 물건을 파는 게 즐겁지 않았을까. 정말 그랬으면 좋겠다. 그들은 진정한 의미에서 상인의 마음을 가진 사람들이었다.

벼룩시장이 끝나면 우리는 "얼마 벌었어?" 하며 돗자리를 정리한다. 돗자리를 접고 까르르 웃으며 동네 목욕탕에 간다. 다들 땀을 쭉 빼고 나서 술 한잔하러 동네에 모인다. 평소보다는 조금 더 맛있는 음식을, 평소보다는 조금 더 많이 먹고, 얄미운 아줌마의 흉을 보며 수다를 떤다. 번 돈을 내고 가게를 나온다. 돈을 받고 감사하다며 인사하는 가게 주인을 보면서, 아, 장난감 돈이 아니었지 하고 생각한다. 내가 맛있는 음식을 먹을 수 있게 해준 돈이었구나, 하는 생각이 새삼 든다.

전화 전쟁

나는 전화를 정말 좋아하면서 또 정말 싫어한다. 다시 말하면, 전화가 오는 건 너무 좋지만, 전화를 거는 건 너무 싫다. 전화비가 드니까, 그런 쩨쩨한 이유가 아니다. 내 눈에 보이지 않는 사람에게 말을 건다는 게 너무 긴장된다. 그 긴장감이 싫은 거다.

나는 자동 응답기도 정말 좋아해서 "꼭, 꼭, 성함과 메시지를 남겨주세요" 하고 녹음해둔다. 집에 돌아왔는데 음성 메시지가 있다는 램프가 반짝거리면 기뻐서 당장 그것부터 듣는다. 아무 말도 없이 전화를 끊은 사람이 있으면 나는 눈물을 꾹 참으며 "에이, 누구지?" 하고 주먹을 움켜쥔다. "메시지 남겨주시면 나중에 전화 드리겠습니다"라는 말도 녹음해놓았지만 나는 절대로 전화하지 않는다. 오직 전화가 오기만을 기다린다.

특히, 좋아하는 사람이 있을 때 전화벨이 울리면 하늘을 날 듯이 기쁘다. 상대방이 그 사람이 아니어도 왠지 기쁘다. 전화를 끊고 싶지 않아서 계속 수다를 떤다.

이런 내 약점을 파악했는지 아니면 그냥 우연인지는 모르겠지만, 나에게는 이상하게 장난전화가 자주 온다. 그것도 하나같이 음란전화다. 이러다가는 장난전화 분석가가 될 수도 있을 것 같다. 혼자 사는 여자 중에 장난전화 같은 건 들어본 적도 없는 대단히 운 좋은 사람도 드물게 있기는 하겠지만, 어쨌든 그런 사람들을 위해서 내가 분류한 유형을 소개해볼까 한다. 어차피 언젠가 한 번쯤은 걸려올지 모를 장난전화에 대비해주기 바라면서.

장난전화의 별의별 유형

① only 신음소리 유형

"여보세요" 하고 전화를 받으면 느닷없이 "하아, 하아" 하고 숨을 헐떡이기 시작한다. "누구세요? 몇 번에 거셨어요? 어디 몸이라도 불편하세요?" 뭘 물어봐도 한결같이 불쌍하다 싶을 만큼 하아, 하아 하면서 혼자서 무척 즐거워한다. 처음 이 전화를 받았을 땐 나도 순진하게 당황했지만, 그래도 온갖 머리를 짜내 누군지 맞혀보려고 했다. 응? 아는 사람 중에 할아버지가 있었나? 누가 마라톤 하는 도중에 전화했나? 이리저리 생각해봤지만 역시나 그냥 장난전화였다.

그런데 이런 전화를 하도 받다 보면 그 헐떡임에도 사람마다 차이가 있다는 걸 알게 된다. 먼저, 핫, 핫, 핫 하며 마치 소나 말처럼 묘하게 활기찬 사람. 또 흐아아, 흐아아 하며 지금 당장에라도 숨이 넘어가는 건 아닐까 걱정스러운 사람. 그리고 후아, 후아 하고 헐떡이는 건지 뜨거운 국물이라도 들이켜고 있는 건지 알 수가 없는 사람. 물론 개중에는 전통적인 방식으로 하아, 하아 하고 헐떡이는 사람도 있다. 왠지 그 사람의 성격이 들여다보이는 것 같아, 별의별 인간도 다 있구나 하는 생각이 든다.

② 헐떡임 + 한마디 유형

하아, 하아 하고 헐떡이는 중간중간에 뭔가를 속삭인다. 대개는 "하아, 하아, 으응? 하아, 하아, 우리 야한 얘기 할까? 하아, 하아" 뭐 이런 식이다. 이 유형은 정말로 황홀경에 빠진 것 같은 목소리여서 깜짝 놀란다. 전화기 너머의 이 사람은 혼자 방에서 팬티를 벗고 정말로 그런 기분에 빠져 있는 건가, 하고 이상한 생각이 든다. 상대방이 화가 나서 전화를 탁 끊어버리는 순간 그만 제정신으로 돌아와, 팬티를 내린 채 그러고 있는 자기 자신을 보게 되면 부끄럽지 않을까?

꽤 웃긴 전화를 받은 적도 있다. 하아, 하아 헐떡이다가 기어들어가는 목소리로 뭔가를 속삭인다. 하지만 무슨 소리인지 거의 들리지 않는다. 그래서 "네에?" 하고 큰 소리로 되물었다. 그러자 또 뭔가를 말하는데, 전혀 들리지 않는다.

"저기요, 감이 너무 멀어요! 안 들려요!"

내가 소리치자 그는 헐떡이는 중간에 꺼져가는 소리로 "…… 내 거기가……" 하고 말한다.

"네에? 거기가 뭐라고요?"

그러자 전화가 툭 끊겨버렸다.

③ 이성의 승리 유형

제멋대로 전화를 걸어서 헐떡이는 주제에 유난스럽게 예의를 갖추는 사람이 있다.

“저기, 저랑 얘기 좀…… 안 하실래요……?”

중간중간 숨이 넘어갈 것 같은 소리를 내면서도 이렇게 또박또박 말을 한다.

“좋아요, 무슨 얘기요?”

“야, 야한 얘기요…… 하아, 하아, 야한 얘기요…….”

다행이네, 정치 사회 얘기는 아니라서.

“좋아요.”

그러자 굽실거리는 목소리로 말한다.

“해, 해도 되나요……?”

“좋다고 했잖아요! 말해봐요.”

이렇게까지 뜸을 들이면서 도대체 무슨 이야기를 하려는 거지, 하고 생각하고 있는데 갑자기 전화가 툭 끊겨버렸다. 팬티를 내리는 도중에 번쩍하고 이성이 되돌아왔는지도 모르겠다.

④ 수다쟁이 유형

“여보세요” 하고 전화를 받으면, 마치 기관총을 따다다다 쏘기라도 하듯이 음담패설을 쏟아낸다.

“난 지금 이렇고 저렇고…… 넌 지금 이렇고 저렇고…… 이러쿵저러쿵…….”

이런 유형은 오직 불쾌함 이외의 그 무엇도 아니다. 아무튼 이런 유형의 사람은 별 해괴망측한 소리를 술술 막힘없이 말하는데, 전화를 걸기 전에 미리 대본 같은 거라도 써두는 걸까? 만약 그때그때 머릿속에 떠오르는 말을 바로바로 내뱉는 거라면 실로 대단한 재능이다. 물론 그 재능이 어디에 도움이 될지는 모르겠지만.

⑤ 똑 부러지는 단도직입 유형

전화를 받는다. “누구세요?” 하면 “저기, 좀 여쭤볼 게 있습니다만” 하고 묘하게 긴장감이 느껴지는 목소리가 들려온다. 일 이야기인가?

“뭔데요?” 하고 물으면 이 사람은 여전히 거리낌없이 말한다. “지금 당신이 입고 있는 팬티 색깔이 뭔지 좀 가르쳐주십시오.”

이 말에는 나도 어지간히 놀랐다. 정말이지 너무너무 짜증이 나서 "그런 건 왜 묻는데요?" 하니까 "흥미가 있어서 그렇습니다" 하고 똑 부러지게 대답한다.

과연, 논리적이군.

하지만 나는 장난전화 상담 센터에서 일하는 상담사가 아니다. "바쁘니까 딴 데다 물어봐!" 하고 전화를 끊었다. 내가 뭐가 아쉽다고 팬티 색깔을 알려줘야 한단 말인가.

이렇게 쓰고 보니 내 인생도 꽤나 역경이 끊이지 않았구나 하는 생각이 들면서 나 자신을 칭찬해주고 싶다. 그건 그렇고, 이런 전화를 하는 사람은 도대체 무슨 생각에서 그러는 걸까? 수백만 분의 일의 확률로 기적이 일어나 "나도 마침 그런 기분이었는데, 하아, 하아" 하고 대답해줄 여자가 있을 거라고 기대하는 걸까. 아니면 "야! 너 뭐야!" 하고 탁 끊어버리는 소리에 성적 욕망을 느끼는 걸까? 이상하다. 도대체 알 수가 없다.

누군가의 목소리가 그리워질 때

갑자기 누군가와 수다를 떨고 싶어질 때가 있다. 무슨 말이든 괜찮다. 오늘 날씨가 좋았다든가 추웠다든가, 뭘 먹고 뭘 봤다든가, 그런 별것 아닌 이야기라도 좋다. 그냥 주절주절 수다를 떨고 싶다. 그런 생각에 전화번호를 쭉 훑어보지만 그런 쓸데없는 이야기를 기분 좋게 받아줄 것 같은 친구가 잘 눈에 띄지 않는다. 그래도 분명 다들 나름대로 내 수다를 들어주기야 하겠지만, 어쨌든 내 쪽에서 거는 것도 싫고, 아무 용건도 없이 건다는 게 암만해도 썩 내키지 않는다. 전화번호 리스트를 쭈욱 보다가 W까지 내려오면 나는 한숨을 내쉬며 닫아버린다. 그리고 TV로 마음을 달래며 전화가 오기를 기다린다.

상상을 초월하는 음란전화를 거는 사람들도 갑자기 사람이 그리워진 걸까? 내가 사람 목소리를 그리워하는 것처럼? 내가 "오늘 날씨 더웠어, 그치?" 하고 말하고 싶은 것처럼 "하아, 하아, 우리 야한 얘기 할까요" 하고 말하고 싶은 걸까.

그래도 역시 잘 모르겠다. 아무리 생각해도 용서할 수 없다. 나는 "나도 마침 그런 기분이었는데, 하아, 하아" 하고 말할 수 있는 기적의 사람이 절대 아니다.

하아, 하아 헐떡이는 동안은 남자도 여자도 서로 누가 누군지 모르니까, 음란전화를 좋아하는 사람들끼리 동아리라도 만들어서 서로 돌아가며 전화로 하아, 하아 했으면 좋겠다. 꽤 괜찮은 아이디어 아닌가?

하루하루 전화 오기만을 낙으로 삼고 살아가는 애처로운 나한테서 전화 받는 즐거움만은 빼앗지 않았으면 좋겠다.

가자! 회사 견학하러

나와 회사는 노인과 임신의 관계라 할 만큼 인연이 없다. 학창 시절, 방학이 되면 곧잘 아르바이트를 하곤 했지만 나하고는 도저히 맞지 않았다. 2주가 한계였다. 일단, 통근길이 싫다. 같은 지하철을 타고, 같은 개찰구를 나오고, 같은 빌딩의 엘리베이터를 탄다는 게 참을 수가 없다. 그리고 같은 직원들을 만나는 것도 싫다. 그러다가 어떤 이유로 직원 중 한 명이 정말 싫어지고, 얼굴을 보는 것도, 말을 거는 것도, 스쳐 지나가는 것도 싫어진다. 그래서 결국 그만둔다. 최고 기록이 2주였다.

그러던 어느 날, 나는 회사에 나가게 되었다. 친구가 일하는 회사에 사람이 필요하다는 말을 들었다. 좀처럼 밖에 나가지 않는 나는 방 안에서 우울하게 지내고 있었는데, 그럼 나 좀 써줘, 이렇게 된 것이다. 또 돈을 받으면 살림에도 조금 도움이 된다. 그렇게 해서 나는 이래저래 불안을 느끼며 잠깐 동안 어느 주식회사에 다니게 되었다.

몇 안 되는 회사원 친구들의 이야기를 들으면서 나는 '회사란 이런 곳이겠구나' 하고 상상했다. 예를 들면 이런 거다.

회사에는 하면 안 되는 것들이 수두룩하다. 떠들면 안 된다, 뭘 먹으면 안 된다, 멍하니 있으면 안 된다, 졸면 안 된다, 거친 말을 쓰면 안 된다, 등등.

다들 화난 표정으로 성난 파도처럼 분주하게 움직인다. 하지만 그 분주함의 핵심이 뭔지 나는 결코 알 수 없을 것이다.

부서마다 무시무시한 꼰대 대머리 할아버지와 폐경기의 심술궂은 할머니가 꼭 한 명씩은 있다.

무너져버린 회사에 대한 나의 상상

그래서 출근 첫날, 나는 무척 긴장하며 집을 나섰다. 그래도 오랜만에 주어진 오전 중이라는 시간대가 얼마나 상쾌하던지. 잠시나마 인간다운 기분에 감동하며, 태어나서 처음으로 '도라노몬'이라는 곳에서 지하철을 내렸다.

내가 배치된 곳은 모 주식회사에서 떨어져 나온 부서였다. 본사 앞 건물의 5층에 있는 어느 좁은 방이었는데, 나는 그 좁은 사무실의 친구 옆자리에 굳은 채로 앉아 있었다. 오전 중에는 거의 할 일이 없어 나는 죄책감에 바들바들 떨며, 옆에서 일하고 있는 친구에게 "뭐 내가 할 일 없어?" 하고 몇 번이나 물었다. 친구는 "그냥 쉬고 있어"라는 말만 되풀이했고, 나는 그렇게 오전 내내 쉬었다. 점심시간이 되자 나는 '생각한 거랑 좀 다르네' 하며 의아해했다.

그 후 며칠이 지나는 동안, 회사에 대해 가졌던 나의 상상은 와르르 무너져버렸다.

4시쯤 되자 친구가 "배가 출출하네. 도시락 좀 사올게" 하더니 '점보 연어 도시락'을 손에 들고 와서 "날씨도 좋은데 옥상에서 먹고 올게" 하고는 곧장 옥상으로 올라가버렸다.

그러고 보니 이 부서에는 항상 먹을 게 널려 있다는 걸 알게 되었다. 어쩌다 고개를 들어 보면 누군가의 책상 위에는 선물로 받은 것 같은 쿠키 상자가 놓여 있다. 뒤돌아보면 선반 위에 초콜릿이 있고, 고개를 숙이면 바닥에 쌀과자 봉지와 스낵 포장지가 있다. 냉장고를 열면 고구마말랭이가 있고, 친구 책상 위에는 칼로리메이트와 다시마 스낵이 있다. 그리고 책상 한구석에는 나비스코 크래커와 카망베르 치즈와 과일용 칼이 있다. 좁은 내 아파트보다 훨씬 더 먹을거리가 풍부하다. 이 부서에는 '음식을 먹으면 안 된다' 같은 규정이 없다는 걸 알았을 때는 살짝 충격을 받았다.

이 친구와 나는 친구 사이인 만큼 정말 자주 수다를 떨었다. 내가 일하고 있으면 친구가 다가와서 "야, 우리 지금 먹고 싶은 게 뭔지 말해보자" 하고 말을 건다. 그러면 나도 하던 일을 멈추고, 먹고 싶은 음식 이야기를 끝도 없이 한다.

결국 고기만두 쪽으로 의견이 모아져, 우리는 어둑어둑해지기 시작하는 빌딩 숲 사이로 김이 모락모락 나는 고기만두를 먹으면서 돌아온다. 이렇게 수다를 떠는데도 아무도 화를 내지 않는다는 사실에 나는 또 놀랐다. 내가 전에 다닌 회사에서는, 다른 아르바이트생들이랑 '지금까지 겪은

태풍 중에서 가장 무서웠던 태풍'이 뭐였냐고 왁자지껄 떠들고 있는데, 갑자기 구석 자리에 앉아 있는 지위 높은 아저씨가, "야! 너희들 지금 여기가 어딘 줄 알아! 일 안 할 거면 집에 가!" 하고 대머리에다 핏줄을 몇 가닥 세우며 버럭 호통을 쳤다. 그때의 일을 떠올려보면, 회사에도 여러 종류가 있구나 하는 생각이 든다. 그러고 보니, 언제 등장할까 조마조마하던 꼰대 대머리 할아버지도, 폐경기의 심술쟁이 할머니도 이 부서에는 없었다.

분주함에 대한 두 가지 대응

내가 처음에 가졌던 '회사에 대한 상상'은 전부 다 빗나갔지만 그래도 딱 하나 맞는 게 있었다. '다들 화난 표정으로 성난 파도처럼 분주하게 움직인다. 하지만 그 분주함의 핵심이 뭔지 나는 결코 알 수 없을 것이다'라고 한 말이다.

뭘 하길래, 또 누구 때문에 이렇게나 바쁜 건지 모르겠지만, 어쨌든 온 사무실이 바쁘다. 아무것도 모르는 나까지 허둥지둥 바쁘게 돌아다닌다.

회사에서 일하기 전까지 내가 상상하던 '회사의 분주함'

이란 예를 들면 이런 거다. 오전 내내 쫄쫄 굶다가 겨우 한 시름 놓고 점심 먹으러 나가려는데 하필이면 전화벨이 울린다. 전화를 받고 있는데, 다른 자리에 또 전화가 왔다는 신호음이 삐이삐이 울린다. 허둥지둥 달려가다가 발에 뭐가 걸린다. 우당탕 넘어지면서 책상 위의 재떨이를 뒤집어엎고 책상다리에 머리를 박는다. 대충 이런 상황을 상상했다. 물론 구체적으로는 다르겠지만 그런 분위기다. 그리고 이 상상은 정확히 들어맞았다. 이 경우, 사람들은 두 부류로 나뉜다.

"에잇! 짜증 나!" 하고 화를 내는 사람과 "우하하하" 하고 웃어넘기는 사람. 이 사무실 사람들은 전부 후자에 속한다. 정신없이 바쁜 나머지 온 사무실 안이 팽팽하게 긴장된 상태인데도 늘 웃음소리가 끊이지 않는다.

그런데 어느 날, 심부름으로 옆에 있는 본사 빌딩에 가게 되었다. 본사답게 넓은 공간에 책상이 꽉꽉 들어찬 그곳 사무실은 분주한 기운이 확 느껴졌고, 60퍼센트의 사람들이 화난 표정을 하고 있었다. '아아, 여기 사람들은 "에잇! 짜증 나!" 하고 화내는 부류에 속하는 사람들이구나. 이 건물에 배치되지 않아서 정말 다행이야' 하며 가슴을 쓸어내리고 돌아왔다.

폭풍 같은 분주함에도 굴하지 않고, 유쾌하게 일하고 즐겁게 먹는 우리 사무실 사람들은 정말 에너지가 넘쳐. 배울 점이 참 많아.

이렇게 말하는 나도 너무 바빠 화장실에서 코피를 쏟으면서도 "뭐야, 한심하게, 에헤헤헤" 하고 웃고 있었다.

슬픈 벤치

달콤한 꿈을 꾸고 눈을 뜨면 왠지 슬프다. 현실이란 늘 심술궂고 인정사정없는 것이기 때문이다.

이런 생각을 하면 손해이긴 하지만, 나는 현실은 역시 그런 것이라는 고정관념을 갖고 있다. 일이 잘 안 풀릴 때도 있고, 부당한 대우를 받기도 한다. 그래서 즐거운 나날이라는 건 왠지 달콤한 꿈과 비슷하다는 생각이 든다. 가끔은 현실에서도 모든 일이 술술 풀리고 웃음이 끊이지 않는 기적 같은 시기가 있다. 하지만 슬프게도 나는 그런 시기가 와도 '이게 바로 현실이야' 하고 생각하지 못한다. 아무리 마음을 다르게 먹으려고 해도 '이건 꿈이야' 하고 생각하거나, 아니면 '꿈같은 나날'이라고 표현해버린다. 달콤한 꿈속에서 이게 꿈이라고 생각하고 제발 깨지 않기를 바란다. 이게 즐거운 꿈이라면 꿈이라도 좋으니, 부디 조금만 더 오래 계속되기를 현실에서 간절히 바란다. 슬프지만, 원래 성격이 그러니 어쩔 수가 없다.

외로움은 여기저기서 굴러다니고

최근 두 달 동안은 정신없이 즐거웠다. 새 친구들이 생겼고, 그들 중 대부분은 시간이 많았기 때문에 나는 밤낮을 가리지 않고 어울려 놀았다. 잠을 자도 눈을 떠도 즐거웠기 때문에 아아, 현실도 나쁘진 않구나 하고 오랜만에 생각했다.

그날은 친구의 라이브 공연이 있어서 친구들 여럿을 데리고 보러 갔다. 꺄악, 꺄악, 야단법석을 떨며 공연을 보고 뒤풀이에 갔다. 거기서 또 새로운 친구들을 사귀고 즐거운 시간을 보냈다. 큰 소리로 웃고 떠들고 이야기하고, 정말 즐거운 시간이었다.

그 친구들 중에 손금을 볼 수 있는 여자가 있었다. 나는 냉큼 손을 내밀며 좀 봐달라고 했다. 한마디, 한마디 그녀가 하는 말들이 너무 잘 맞아서 나는 무서워졌다. 그리고 왠지 문득 외로워졌다.

막차 시간이 다가왔다. 그래서 다들 떠들고 노는 중에 먼저 자리에서 일어났다. 마침 가는 길이 같은 친구가 있어 둘이 함께 나갔다. 밖에 나오니 꽤 쌀쌀했다. 한창 떠들고 놀다가 갑자기 밤하늘 아래로 나와서 그런지 더 쌀쌀하게 느껴졌다.

"너도 손금 봐달라고 했어?"

나는 친구에게 물었다.

"응."

"뭐래?"

"내가 사람들이랑 나 사이에 스스로 벽을 세우기 때문에 항상 외롭대."

"왠지 맞는 거 같네."

"응, 맞아." 친구가 말했다. "너한텐 뭐래?"

"여러 가지 무리하고 있대. 생각이 너무 많다고 했어. 또 해외여행은 가지 말고, 건강 조심하라더라."

"흐음."

술에 취해 비틀거리는 회사원과 기타 치며 노래하는 외국인 사이를 빠져나가 우리는 역으로 향했다.

"왠지, 요즘 다들 힘이 없네."

친구가 말했다.

"그런가."

"그래. 힘이 없어. 어쩐지."

"가을이라 그런가?"

우리는 두런두런 이런 이야기를 하며 걸었다.

신주쿠에서 주오선을 탔다. 우리가 내릴 역은 다음 역이었다. 그런데 열차는 멈추지 않고, 눈에 익은 나카노역의 네온사인을 그냥 지나쳐갔다.

"어어어?"

"이거 급행이네. 미타카까지 안 서."

어처구니없는 실수가 웃겨서 우리는 깔깔댔다. 그렇게 배를 잡고 웃는 사이에 열차는 고엔지를 지나고 오기쿠보를 지나 쭉쭉 앞으로 달려갔다.

미타카에서 내려 건너편 플랫폼으로 갔다. 벤치에 앉아 상행선 열차를 기다리는데, 그때 문득 나는 컴컴한 구멍 속으로 밀려 떨어진 것 같은 기분이 들었다. 집에 가는 열차를 못 타서 그런 것도 아니고, 손금이 딱딱 잘 맞아서도 아니었다. 정말 아무 이유도 없이, 어제까지 계속되던 즐거운 나날들이 순식간에 사라져버린 듯한 느낌이었다. 아아, 꿈에서 깼구나, 하고 생각했다.

주변은 쥐 죽은 듯이 적막하고, 공기는 도심보다도 더 차가웠다. 희미한 벌레 소리가 들려왔다. 그것은 희미했지만 나를 감싸기에 충분했다.

'산다는 거 참 힘들구나.'

불쑥 그런 기분이 들었다. 마치 달콤한 꿈을 꾼 뒤의 침대 속 같은 기분이었다. 그 기분이 어디서 왔는지는 모르겠지만, 어쨌든 내 심장이 꽉 조여들었다.

노래하던 친구들, 그 모습을 쳐다보던 친구들, 발갛게 달아오른 얼굴로 웃으며 맥주를 마시던 친구들을 떠올려봐도 즐거운 기분이 돌아오지는 않았다.

외로움이 여기저기서 굴러다니고 있구나 하고 생각했다. 여기 역 벤치에 앉아 있는 나도, '넌 항상 외로워'라는 말을 들은 옆에 있는 친구도, 아직도 술자리에서 떠들고 있을 친구들도, 똑같은 양의 외로움을 안고 있는 것 같았다. 물론 그 누구도 "외로워" 하고 말하지는 않겠지만.

함께 놀고 함께 웃고, 그리고 언젠가는 헤어지겠지. 생각해봤자 아무 소용도 없는 일 따위는 생각하지 않는 편이 낫다는 건 알고 있지만, 그래도 쥐 죽은 듯이 적막한 미타카역에서 나는 하염없이 그런 생각을 했다.

좋은 꿈 꿔

이렇게 우리는 친구들에게 둘러싸여 있지만, 우연히 함께 시간을 보내게 된 친구들이란, 하느님이 덥석 움켜잡은 국수 가락 같은 게 아닐까 하는 생각이 들었다. 봉투 안에는 새 국수 가락이 꽉꽉 채워져 있고, 그걸 본 하느님이 덥석 한 움큼 움켜쥔다. 우연히 그 손 안에 들어간 국수 가락이 바로 나, 벤치에 나란히 앉아 있는 친구, 노래를 부르던 친구들, 그리고 함께 웃고 떠들던 친구들이라는 생각이 들었다. 펄펄 끓는 냄비 속에 던져진 우리는 서로 뒤엉켜 빙글빙글 돌면서 춤을 춘다. 언제까지 그렇게 춤출 수 있을까. 서로 뒤엉켜 빙글빙글 돌면서.

열차가 도착하자 우리는 그제야 마음을 놓고 올라탔다.

내일이 되면…… 하고 생각했다. 그런 때는 그렇게 생각할 수밖에 없다. 내일이 되면, 이 컴컴한 구멍 밖으로 나와 있을지도 몰라. 내일이 되면, 여기 미타카역에서 나눈 이야기도, 이 벤치도 몽땅 잊어버리고 아무 일도 아닌 것처럼 되어 있을지도 몰라.

"잘 가."

겨우겨우 나카노역에 도착한 우리는 손을 흔들었다.

"다음에 또 보자."

그래. '또'라는 건 몇 번이고 몇 번이고 질릴 만큼 많이 있겠지.

언젠가 본 어떤 술 취한 아저씨가 생각난다. 술집 앞에서 그 아저씨는 배웅하러 나온 가게 주인에게 이렇게 말했다.

"사장님, 좋은 꿈 꾸세요."

주인은 예, 예, 하면서 적당히 흘려듣고 넘겼지만, 나는 순간 가슴이 꽉 죄어오는 듯한 기분이 들었다.

"좋은 꿈 꾸세요."

벌겋게 달아오른 얼굴로 아저씨는 몇 번이나 그렇게 말했다. 그리고 손을 흔들며 고즈넉한 길을 비틀비틀 걸어갔다.

좋은 꿈 꿔, 나도 살며시 친구의 뒷모습을 보며 중얼거렸다.

에필로그 – 나의 일상

이 에세이 속에 나오는 '나'와 지금 여기 노트북 앞에 앉아 있는 '나' 사이에는 10년이라는 시간이 흐르고 있다. 10년이 긴지 짧은지는 사람마다 다르겠지만, 나한테는 눈 깜짝할 사이였다. 하지만 정말 오랜만에 이 에세이를 다시 읽어보니 눈 깜짝할 사이라고 생각했던 10년이 사실은 나름대로 긴 시간이고, 그 긴 시간 속을 나는 이렇게 걸어왔구나, 하는 생각에 은근히 놀랐다.

지금으로부터 딱 10년 전, 나는 작가로 데뷔했다. 데뷔하기는 했지만 일거리가 그렇게 많은 것도 아니고, 친구들도 취직하지 않고 자기가 좋아하는 일을 하고 있어서, 시간은 많지만 돈이 없었던 우리는 정말 자주 어울려 놀았다. 연애, 우리 나이에 어울리는 것, 짐작도 가지 않는 미래, 그런 것들에 대해 우리는 다들 조금씩 고민하며, 때로는 마음속으로 때로는 소리 높여 이런저런 이야기를 나눴다.

그 무렵 나는 엘리베이터가 없는 6층 아파트의 꼭대기 층에 살고 있었다. '하루도 안 빠지고'라는 말이 과장이 아닐 정도로 날마다 누군가가 찾아왔다. 아르바이트를 땡땡이치고 꼭두새벽부터 찾아오는 친구, 데이트하다가 배가 고파서 들렀다는 커플, 하룻밤만 재워달라 하고는 그대로 며칠이고 눌러앉은 친구, 또 이 에세이에 등장하는 연애에 관한 고민을 안고 있던 친구들.

나로 말할 것 같으면, 남자친구가 남자친구라는 생각이 안 들 만큼 둘이서 끝도 없이 이야기를 주고받았고, 새로운 친구들이 생기는 게 너무 좋았고, 데이트나 술자리가 있으면 룰루랄라 신나게 달려갔다.

가끔은 귀찮다거나 우울하다고 느꼈는지도 모르지만, 그래도 나는 대체로 그런 생활을 사랑했다. 6층 계단을 걸어 올라오는 친구들, 밤낮이 뒤바뀐 채 이런저런 고민과 싸우는 나, 그런 것들을 나는 정말로 사랑했다.

그래도 전 스물둘이고 언니는 서른둘이에요

그것이 10년 전의 내 일상이다.

10년이 흐른 지금, 내 일상이 어떤가 보니 극적인 변화가 생기지는 않았다. 10년 전보다는 당연히 일거리가 늘었고, 밤낮이 제대로 존재하는 생활을 하고 있기는 하지만, 어디서 술 마시고 있다는 친구의 전화를 받으면 곧장 달려가고, 집 근처에 있다는 말을 들으면 아파트로 불러서 함께 밥을 먹는다.

예전에는 서른이 넘으면 연애 문제로 고민하는 일은 없을 거라고 생각했는데, 10년이 흘러도 여전히 연애는 내 골치를 썩인다. 내 나이에 어울리는 것에는 어느 정도 익숙해졌지만, 앞날에 대해 자신감이 생겼다고는 말할 수 없다.

하지만 그래도 분명 뭔가가 변했다. 나 자신도, 내 일상도, 내 친구들도, 내 연애도.

예를 들면 이 에세이 안에 '머리를 염색하니까 사람들 반응이 달라졌다'는 에피소드가 있다. 지금은 길을 걸어가는 여자들 대부분이 갈색으로 염색하고, 금색, 은색, 붉은색은 물론 오렌지색에 가까운 갈색 머리도 전혀 드물지 않게 되었다. 그런데, 돌이 날아왔다고 말한다면 물론 과장이겠지만, 그때는 정말로 노랑머리는 공공장소에서 별로 좋지 않은 인상으로 받아들여졌다. 그것이 10년이라는 시간이고, 그런 변화는 나라는 한 사람의 개인에게도 꽤 생겼다.

그래서 솔직히 말하면, 10년 전의 이 에세이를 다시 읽으니 좀 부끄러운 마음이 든다. 그때 에세이를 쓰고 있던 나는 무척이나 에너지가 넘치고 진지하며 외골수였다. 그 넘치던 에너지와 외골수 같던 모습은 지금의 나에게는 없고, 있다 해도 형태가 변했을 것이다. 부끄러운 마음이 드는 건 분명 그 때문일 것이다. 말투도 참 유치하게 느껴져 군데군데 빨간색으로 지워버리거나 다른 말로 바꿔 쓸까도 생각했지만, 결국 그러지 않았다. 왠지 일기보다 더 절박하게 쓰여진 것 같은 이 에세이를 읽으면서 문득 묘한 느낌에 사로잡혔기 때문이다. 에세이 여기저기에 쓰여 있는 것들이 내 머릿속 한구석에 기억으로 남아 있지만 사실은 전부 착각일 뿐, 에세이 속의 '나'는 지금의 '나'와는 완전히 동떨어진 존재 같다는 그런 느낌 말이다. 10년 전의 내가 지금의 나와 이어져 있지 않다는 말이 아니라, 나를 닮은 그녀가 지금도 그 자리에 있는 게 아닐까 하는 생각이 든다.

스물두세 살, 지금의 나보다 열 살이 어린 그녀, 연애와 친구를 좋아하고 밤새워 노는 걸 좋아한 수다쟁이 그녀가 지금의 나와는 아무 상관 없이 지금 이 시간에도 어디에선가 살아가고 있는 듯한 기분이 든다. 친구들과 모여 깔깔대며 웃고, 동전까지 탈탈 털어 밥을 사 먹고, 연애에 관해 이런저런 이야기를 진지하게 주고받고, 길바닥에 웅크리고 앉아 밤이 아침으로 변하는 모습을 바라보고, 가슴 두근두근하며 데이트를 기다리고……, 그런 여자가 지금도 여전히 밤의 사이사이를 거닐고 있다.

나보다 열 살이 어린 그녀를 보면, 어떨 때는 바보 같기도 하고 어떨 때는 그녀의 생각이 잘못된 거 같아서 참견하고 싶어진다. 하지만 그녀에게, 열 살이나 많은 여자의 말 같은 건 정말 아무 상관도 없는 것이다. 예전의 나 자신이 그랬던 것처럼.

그녀는 음, 음, 하고 귀를 기울이며 듣다가 "네, 충고 고마워요" 하며 순순히 감사해하면서도 "그래도 전 스물둘이고 언니는 서른둘이에요. 그건 꽤 다른 거예요. 눈에 보이는 것도, 손에 넣을 수 있는 것도" 하고 말하겠지. 그 나이 때밖에 가질 수 없는 거만함과 진지함으로. 그건 분명 맞는 말이다. 그래서 나는 10년 전에 내가 쓴 말 그대로, 손대지 않은 채 다시 싣기로 했다.

네가 보낸 그 즐거운 날들이 지나가버린다고 해도

한 가지 놀란 것이 있다. 에세이 속의 '그녀'는 글 여기저기서 '슬프다'는 말을 한다. 친구도 있고 연인도 있고 좋아하는 사람들도 있고, 해 지는 걸 아쉬워하는 아이처럼 놀면서도 그녀는 슬프다고 한다. 즐거운 일들만 모아 병 안에 가득 담고 뚜껑을 꼭 닫아도, 슬픔의 냄새가 희미하게 새어 나온다고 말한다.

읽으면서도 도저히 알 수가 없다. 나 자신의 일인데도 무슨 말인지 감이 오지 않는다. 어째서 그녀는 즐거울 때도 온전히 즐거워할 수 없었을까. 이 슬픔의 정체는 대체 뭘까. 글을 읽으면서 곰곰이 생각한 끝에 나는 드디어 깨달았다.

그녀의 일상은 정말로 구름 한 점 없을 만큼 즐거웠던 게 분명하다. 그런데 그 즐거움은 그 나이에서만 맛볼 수 있고 그 나이에서만 받아들일 수 있는 종류의 것으로, 그리 오래 가지 않고 언젠가는 분명 끝이 나는 즐거움이다. 그녀는 이 사실을 어렴풋이 느꼈기 때문에 슬픔에서 벗어날 수 없었던 것이다.

이제는 이런 것도 골똘히 생각해야 겨우 떠오를 만큼, 10년이라는 시간은 어떤 의미에서는 긴 시간이다.

할 수만 있다면 나는 지금도 이곳저곳 헤매고 있을 스물두 살의 그녀를 붙잡아, 아파트 옥상에 돗자리를 깔고 같이 드러누워, 이런저런 별 의미도 없는 이야기를 하고 싶다. 머리 위를 떠다니는 구름을 쳐다보고, 세찬 바람에 머리카락을 흩날리면서. 내가 담배를 끊었다고 하면 그녀는 분명 속으로 깜짝 놀랄 것이다. 나는 그녀가 입고 있는 낡은 옷을 가리키며 "옷이 왜 이렇게 후줄근해" 하고 (그녀의 엄마가 항상 그러듯이) 말할지도 모른다. 우리는 어색하게 이야기를 나눈다. 좋아하는 사람 이야기, 싫어하는 사람 이야기, 남자 이야기, 지금 하고 싶은 것, 절대로 하고 싶지 않은 것, 최근에 배꼽을 잡고 웃은 일, 남몰래 눈물 흘린 일, 그렇게 지나가버린 우리들의 하루하루.

그녀에게 꼭 가르쳐주고 싶은 게 있다.

네가 보낸 그 즐거운 나날들이 지나가버린다고 해도, 또 다른 모습의 즐거움, 그때그때 나이에서만 받아들일 수 있는 즐거움이 얼마든지 기다리고 있어. 그러니까 실컷 웃고 나서 괜히 슬퍼할 필요는 없어.

하지만 물론 나는 그런 말은 하지 않을 것이다. 그녀가 미간을 찡그릴 만한 말은 하지 않을 것이다. 나는 그저 서른두 살의 내 일상에 대해 할 수 있는 한 시시콜콜 이야기할 것이다. 해가 질 때까지. 어쩌면 밤이 아침으로 변할 때까지.

옮긴이 박성민

도쿄외국어대학교 대학원에서 일본어학을 전공하고 통번역사로 일했다.
번역서로《그리운 시간들》,《책은 시작이다》,《심호흡의 필요》,《세상은 아름답다고》,《나쓰메 소세키 - 인생의 이야기》,《다자이 오사무 - 내 마음의 문장들》,《봄은 깊어》등이 있다.

어떻게 사랑한다고 말해

2018년 12월 17일 초판 1쇄 발행
2023년 10월 1일 초판 2쇄 발행

지은이　가쿠타 미쓰요
펴낸곳　시와서 출판
펴낸이　송승현

출판등록　2016. 12. 6.
주소　경기도 파주시 책향기로 183, 1507-506
이메일　siwaseo@gmail.com
블로그　blog.naver.com/siwaseo
인스타그램　www.instagram.com/siwaseo
ISBN　979-11-959922-3-2